HEARTCRAFT

HEARTCRAFT

Annie Tears

DESTROYED

Souls

©2020 Heartcraft Verlag
Freiherr-vom-Stein-Str. 5 35085 Ebsdorfergrund
1. Auflage
Covergestaltung und Buchsatz: Heartcraft Design
Text: Annie Tears

ISBN: 978-3-96698-680-9

Bestellung und Vertrieb: Nova MD GmbH, Vachendorf
Druck: SOWA Sp. z o.o. 05-500 Piaseczno ul. Raszyńska 13

Bibliografische Information der Deutschen Nationalbibliothek:
Die Deutsche Nationalbibliothek verzeichnet diese Publikation in der Deutschen Nationalbibliografie; detaillierte bibliografische Daten sind im Internet über http://dnb.d-nb.de abrufbar.

DESTROYED SOULS

Von Annie Tears

Dieses Buch ist für all jene,
die einen geliebten Menschen verloren haben.
Die Zeit heilt keine Wunden,
sie macht es nur erträglicher.

DARK ROMANCE
www.Heartcraft-Verlag.de

Vorwort

Liebe/r Leser/in,

ich freue mich sehr, dass Du zu DESTROYED Souls gegriffen hast, und wünsche Dir eine spannende Reise durch Kaycees und James' Leben.

Lass Dir gesagt sein: Es wird alles, aber kein entspannender Liebesroman. Dieses Buch enthält Gewalt, eindeutige Sprache und sensible Themen.

Du solltest nicht weiterlesen, wenn Dich Themen leicht triggern könnten. Dieses Buch erzählt eine Geschichte von Trauer, düsteren Geheimnissen und Ängsten. Falls Du dunkle Storys magst, bist Du hier genau richtig!

Viel Spaß beim Lesen!

XOXO Annie

Playlist

Linkin Park - In The End (Mellen Gi &TommeeProfitt Remix)
Nirvana - Smells Like Teen Spirit
Imany - Don't Be So Shy (Filatov&Karas Remix)
Clean Bandit - Solo
GALLO NERØ - 471
FLER - Keinen wie mich
Kontra K feat. Nisse - Atme den Regen
Kontra K - Gute Nacht

PROLOG

Kaycee

Es reicht ein einziger Augenblick, um alles zu verändern. Ein Atemzug, der dein gesamtes Leben auf den Kopf stellen kann. Ich hatte mich so unfassbar auf gestern gefreut und darauf, meinen Geburtstag mit der Familie zu verbringen – stattdessen war alles ganz anders gekommen … mich sollte der schlimmste Tag meines Lebens erwarten. Niemals mehr würde ich diese Bilder vergessen, die sich förmlich in meine Netzhaut gebrannt hatten. Und mein Herz? Das fühlte sich an, als wäre es schon verblutet. Hatte ich noch Gefühle? So sehr, wie ich litt, bestimmt.

Meine Mum war von der Arbeit nach Hause gefahren. Wie immer – wäre da nicht ein anderes Auto gewesen, das sie mit 120 km/h in der Stadt gerammt hatte.

Sie war auf der Stelle tot.

Der Idiot ist bisher nicht gefasst worden, da er einfach abgehauen war. Wie konnte man so egoistisch sein? So feige? Meine Mum ist in ihrem scheiß Auto gestorben, ganz allein, ohne ihre Familie. Sie würde uns nie wiedersehen, und das alles nur wegen dieser einen, verfluchten Person. Wut flammte in mir auf, weil ich nichts von dem verstehen konnte. Es machte mich sauer, unendlich traurig und ich spürte, wie der Hass von mir Besitz ergriff. Als wenn das alles noch nicht schlimm genug gewesen wäre, hatten wir an diesem Tag nicht nur unsere Mum verloren … sondern auch Dad. Er hatte dem Schmerz nicht standhalten können und sich das Leben genommen.

Seine Reaktion nach 30 Jahren glücklicher Ehe …

Leider hatte er dabei uns vergessen.

Meine Schwester und ich galten nun als Waisen und mussten uns in einem fremden Land herumschlagen, in das unsere Eltern mit uns ausgewandert waren, um sich ihren Traum von Freiheit zu erfüllen: Amerika. Familie hatten wir hier keine. Von nun an waren wir also auf uns allein gestellt. Besser gesagt hatte ich die Verantwortung für mich und meine Schwester übernommen. Und die Krönung des Ganzen?

Darina hatte Krebs.

Jetzt saßen wir hier fest. Ohne Familie. Ohne Geld. Und unsere Zukunft lag in meinen Händen.

So hatte ich mir meinen Geburtstag nicht vorgestellt. Es kam eben immer anders, als man dachte.

Ich hasste mein beschissenes Leben.

KAPITEL 1

Kaycee

Ich konnte es kaum aushalten, fühlte mich einfach nur leer und wollte nichts mehr empfinden – außer Hass. Und ich hasste tatsächlich so ziemlich alles und jeden. Anscheinend war mein Leben zum Scheitern verurteilt. Kaum empfand ich einen Funken Glück, lief alles schief. Es war wie ein ungeschriebenes Gesetz.

Nur schwerfällig erhob ich mich vom kalten, harten Boden meines Zimmers, auf dem ich die ganze Nacht gesessen hatte. Ich musste nun endlich aufstehen und nach meiner Schwester sehen. Mein Körper fühlte sich steif und ungelenk an, alles an mir schmerzte. Ich wartete einen Augenblick, bis meine kribbelnden Beine ‚aufwachten', und wackelte mit den Zehenspitzen, um den Prozess zu beschleunigen. Noch einmal streckte ich mich und atmete tief durch, ehe ich zur Zimmertür ging und durch den langen Flur zu Dinas Zimmer schlurfte. Einen Moment lang betrachtete ich die obere Etage. Alles nahm ich heute mit anderen Augen wahr. Auch vor dem Schlafzimmer meiner Eltern machte ich kurz Halt, stieß leise die Tür auf und lugte durch den Spalt. Leere. Gemachte Betten. Es sah aus wie immer. Helle, beige gestrichene Wände, braune dicke Vorhänge, die sich durch jeden Windzug aufbauschten. Das große Ehebett, was mit dicken Daunendecken und Federkissen einladend weich aussah. Immer noch hing der Duft von Mums Parfum in der Luft.

Langsam ging ich auf ihren Frisiertisch zu, nahm den dort stehenden Flakon in die Hand und sprühte einen feinen Nebel vor mich. Sofort umgab mich ein Gefühl von Geborgenheit. Während ich mich wenig später daranmachte, das Zimmer zu verlassen, spürte ich den weichen Teppich unter meinen nackten Fußsohlen. Fast wirkte es so, als wären sie noch hier. Aber sie würden nie mehr zurückkehren.

Ich tappte zum Zimmer meiner Schwester, das hinter der ersten Tür im Flur lag. Darina war jetzt achtzehn Jahre alt und krank. Schwerkrank. Zögernd blieb ich vor der Zimmertür stehen und dachte über ihr Schicksal nach. Dina hatte Blutkrebs, der erst vor zwei Jahren entdeckt worden war. Seitdem musste sie regelmäßig Chemotherapien über sich ergehen lassen und starke Medikamente einnehmen. Ob diese schon Erfolg gebracht hatten, war noch fraglich. Heute sollte endlich der Tag sein, an dem wir – hoffentlich – erfahren würden, wie es um diesen beschissenen Krebs stand, und, ob unsere Gebete erhört worden waren. Es war schwer, unglaublich schwer, für sie und für uns als Familie. Meine Schwester tat mir so leid. Als sich herausgestellt hatte, dass sie sterbenskrank war, wollten ihre sogenannten *Freunde* nichts mehr von ihr wissen. Vielleicht, weil sie nicht damit umzugehen wussten. Vielleicht, weil es sie zu sehr belastete. Aber Dina war so ein wunderbarer Mensch, voller Hoffnung, Liebe und Mitgefühl – was den meisten Menschen schier fehlte. Meine kleine Schwester hatte ihre Haare durch die Therapien komplett verloren. Büschelweise waren sie im Abfluss unserer Dusche gelandet. Wenn Dina allerdings endlich mit der Chemotherapie aufhören konnte, würde sie sich sicher bald wieder besser fühlen. Auch ihre wunderschönen Haare würden dann wieder wachsen und sie bräuchte keine Perücke mehr. Als ich meine Stirn gegen die Tür stützte, hörte ich sie dahinter leise weinen. Wie lange war sie schon wach? Sie brauchte ihren Schlaf – immerhin standen heute wieder Untersuchungen an.

Und da diese so wichtig waren, blieb uns leider kein Tag, um einfach nur zu trauern.

Auch wenn ich mir das wünschen würde. Zaghaft klopfte ich an die Tür. Von drinnen kam nur ein gedämpftes: »Ja.«

Ich öffnete die Tür und der Anblick meiner kleinen, starken Schwester erfüllte mich voller Traurigkeit.

Sie saß schon komplett angezogen auf dem Bett. Ihr Gesicht war nass von den Tränen, die sie bis eben vergossen hatte. Ohne mich zu Wort kommen zu lassen, schluchzte sie:

»Ich kann nicht glauben, dass sie für immer weg sind. Irgendwie hoffe ich die ganze Zeit, dass die Tür aufgeht und sie zurückkommen.«

Mir brach das Herz bei ihren Worten. Es war einfach so grausam, einen geliebten Menschen zu verlieren. Aber ich musste stark für sie sein. Bei meiner Antwort achtete ich daher darauf, meine eigenen Gefühle zurückzustellen und optimistische Worte zu finden. Obwohl mir ganz und gar nicht danach war.

»Ich weiß, dass im Moment nicht daran zu denken ist … aber mit jedem Tag, der kommt, wird es wieder besser und auch leichter werden.« Langsam ging ich auf sie zu und zog sie tröstlich in meine Arme. Zärtlich streichelte ich ihr über den Rücken. Natürlich war das eine Lüge. Nur weil die Zeit verging, wurde der Schmerz nicht weniger, es wurde höchstens leichter, damit umzugehen und darüber zu sprechen. Aber die Wahrheit konnte ich ihr in diesem Moment nicht sagen. Ich wollte nicht, dass es ihr noch schlechter ging.

Darina legte ihre Arme auch um mich und zog mich fest an sich, dann stand sie auf, ging ins Bad und wusch sich ihr Gesicht. Sie benutzte keinerlei Make-up, weshalb man ihr die Krankheit, die sie auszehrte, umso mehr ansah.

»Okay. Ich bin soweit, lass uns losfahren. Hoffentlich kommt heute nicht noch ein Tiefschlag.«

Ich nickte ihr zu, denn ich wünschte mir mehr als alles andere, dass sie wieder gesund werden würde. Ihre Krankheit war furchtbar, aber das waren sie alle. Es fraß sie von innen heraus auf und zerstörte ihren Körper.

Und auch mir konnte keiner diese schwere Last abnehmen, die auf meinen Schultern ruhte. Ganz allein musste ich sie tragen. Dabei erdrückte sie mich regelrecht. Erst vor einigen Tagen hatten wir unsere Eltern verloren und schon heute mussten wir in eine Klinik, mussten uns wieder dem Krebs stellen. Ich konnte nur zu Gott beten, dass es nicht schlimmer geworden war.

Gemeinsam gingen wir in den Flur, nahmen unsere Jacken von der Garderobe, schnappten uns die Handtaschen, die auf dem kleinen Schrank im Eingangsbereich standen, und zogen uns Schuhe an. Meine weißen Sneaker hatten schon bessere Zeiten gesehen, aber es fehlte einfach das Geld für neue.

»Hast du alles, was du brauchst?«, fragte ich Dina, die schon nervös dreinblickte.

Sie nickte mir zu, ehe wir direkt zu den Garagen, die mit dem Haus verbunden waren, gingen und in mein Auto stiegen. Es musste dringend mal wieder sauber gemacht werden.

Was für ein banaler Gedanke.

Mit der Fernbedienung öffnete ich das Garagentor, ehe ich den Motor startete und losfuhr. Meine Hände zitterten vor Aufregung. Fest umklammerte ich das Lenkrad, als könnte es mir Halt geben.

Die Fahrt in die Uniklinik dauerte gut eine Stunde. Sie befand sich in Phoenix, der nächstgrößeren Stadt unseres kleinen verschlafenen Städtchens Queens Creek.

Meine Gedanken schweiften wieder zu Dina, die neben mir saß und erschöpft den Kopf gegen das Fenster lehnte. Ich wollte nicht, dass sie noch weiter leiden musste. Aufgrund ihrer Krankheit hatte sie noch nicht einmal die Möglichkeit, ihren Highschool-Abschluss zu absolvieren. Nichts wünschte ich mir sehnlicher, als dass sie bald wieder ein normales Leben führen und weiter zur Schule gehen können würde – wenn sie es denn wollte.

Als wir endlich ankamen, plagte mich ein mulmiges Gefühl. Ich hasste Krankenhäuser wie die Pest. Schon allein ihr Geruch brachte mich um. Mit Kliniken konnte man einfach nur etwas Schlechtes verbinden, oder? Tagtäglich starben hier Menschen. Krankenhäuser assoziierte ich vor allem mit dem Tod. Natürlich brachten sie auch neues Leben hervor und halfen den Patienten bei der Gesundung – angesichts unserer schlechten Erfahrungen war es allerdings schwer, sich auf das Positive zu besinnen.

Wir betraten das Gebäude, gingen direkt in die Ambulanz der Klinik und meldeten Darina an. Diesmal dauerte es nicht lange, bis sie von einer netten Schwester aufgerufen wurde. Auch wenn es mir schwerfiel, respektierte ich Dinas Wunsch und wartete heute draußen. Nervös rutschte ich auf dem viel zu wackeligen Stuhl hin und her und knetete meine Hände. Mir war speiübel. Ich wusste nicht, wohin mit meinen Gedanken. Was sollten wir tun, wenn diese Therapie nicht wirkte? Ich durfte nicht noch einen Menschen verlieren. Und vor allem konnte ich es nicht ertragen, zu sehen, wie Dina immer schwächer wurde.

Die gesamte Wartezeit über fand ich keine ruhige Minute.

Als sie nach fast einer Stunde aus dem Behandlungszimmer herauskam, lächelte sie mich leicht an. Die kurze Stille, die folgte, machte mich wahnsinnig. Mir fiel es schwer, Dinas Gesichtsausdruck zu deuten, denn sie hatte sich das perfekte Pokerface angewöhnt und zeigte vielen Menschen nie, wie es ihr erging oder was sie gerade dachte.

Endlich erhob sie ihre Stimme:

»Der Krebs ist eingedämmt, fürs Erste hat die Therapie geholfen. Mein Arzt sagt aber, dass wir sie weiterhin fortführen, nur eben ohne die Chemos.«

Mir fiel ein tonnenschwerer Stein vom Herzen. Langsam stand ich auf, ging auf meine Schwester zu und schloss meine

Arme fest um sie. Dina erwiderte die Geste und vergrub ihr Gesicht in dem Stoff meines Oberteils. Was für eine Erleichterung. Wie gewohnt versuchte ich, meine Gefühle nicht zu sehr nach außen zu tragen, doch die Nässe in meinen Augen musste Bände sprechen. Wenigstens war nun *etwas* positiv. Ich mochte gar nicht darüber nachdenken, was gewesen wäre, wenn sich der Krebs noch auf ihre anderen Organe ausgebreitet hätte. Unter Leukämie litten viele Kinder und Jugendliche schrecklich. Nicht immer waren die Heilungsversuche von Erfolg gekrönt. Manche besiegten den Krebs schnell, bei anderen erforderte es deutlich mehr Maßnahmen. Sie kämpften bis zum Schluss und gewannen doch nicht. Krebs war ein Arschloch. Ich hoffte, dass wir uns nie Gedanken um eine Knochenmarkspende machen mussten, denn den richtigen Spender zu finden, gestaltete sich alles andere als leicht.

Kurze Zeit später verließen wir das Krankenhaus und diskutierten darüber, welche Pizza wir uns zur Feier dieser erfreulichen Nachricht bestellen sollten. Als wir zuhause ankamen, hatten wir uns auf eine Pizza Speciale geeinigt. Eine schwere Geburt, wie immer.

Ich rief bei dem Lieferdienst an und gab unsere Bestellung durch.

Während wir auf unser Essen warteten, redeten wir über belangloses Zeug. Über Fernsehserien. Über Bücher. Gemeinsam entschieden wir, dass wir bald die neue Staffel von *Tote Mädchen lügen nicht* auf Netflix schauen wollten. Dina erzählte mir, dass sie gerade einen spannenden Roman von der bekannten Autorin Colleen Hoover las und wie gut ihr das Buch gefiel. Es lenkte uns von der Trauer ab, die in uns wütete. Plötzlich fiel mir ein, dass ich nachher noch mit dem Bestattungsinstitut telefonieren und alles Weitere mit ihnen klären musste. Es war jetzt erst drei Tage her, dass Dina und ich zu Waisen geworden waren und wir unser Leben eigenständig auf die Reihe bekommen mussten. Nun hatten wir niemanden mehr, außer uns selbst. Niemanden, der uns tröstete. Niemanden, der sich um uns sorgte. Niemanden, mit dem wir lachen konnten.

Mir wurde wieder schlecht. Mein Herz tat weh und ich fasste mir unwillkürlich an die Brust. Wie hatte es dazu kommen können? Noch vor wenigen Tagen war unser Leben nahezu perfekt gewesen.

Dina war zwar krank und meine Eltern überarbeitet, aber wir hatten stets und ohne Einschränkungen als Familie zusammengehalten. Die Nachrichtenmelodie, die gerade aus dem Fernseher tönte, ließ mich aufhorchen. Als dann auch noch über den Selbstmord eines Mannes berichtet wurde, konnte ich nicht anders und sah zum flackernden Bildschirm.

Schon wieder zeigten sie das Video, in dem sie die Leiche meines Vaters aus dem See gezogen hatten.

Laut einem Anwohner hatte er sich, ohne zu zögern, von der Brücke gestürzt. Es war ganz in der Nähe gewesen. Keine Ahnung, warum sich Dad diesen Fluss ausgesucht hatte. Vielleicht wegen dem Namen. Der ‚Salt River' würde nun immer ein verfluchter Ort für mich sein. Nachdem man Dad geborgen hatte, riefen sie mich an, damit ich ihn identifizierte. Eines der grausamsten Dinge, die ich je erlebt hatte.

Und das nach dem schrecklichen Unfall meiner Mum. Von dieser Tragödie berichteten sie ebenfalls überall. Zum Glück hatten diese Reporter so viel Anstand besessen, weder die Namen meiner Eltern noch die unseren zu erwähnen. Einige Nachbarn schöpften allerdings bereits Verdacht. In dieser Kleinstadt blieb einfach nichts verborgen.

Natürlich verhielten sie sich oberflächlich nett, aber in ihren Augen waren meine Schwester und ich nichts anderes als Material für eine tolle Plauderstunde.

Eine Träne rann meine Wange herab und ich merkte, wie die Dämonen mich immer mehr auffraßen.

Genau in diesem Moment klingelte es an der Tür. Ein Glück. Es rettete mich vor den News im Fernsehen und vor meinen Gefühlen.

Hastig schnappte ich mein Portemonnaie vom Tisch und ging an die Tür. Die Person auf der anderen Seite begrüßte mich mit einem strahlenden Lächeln.

»Guten Tag, Ihre bestellte Pizza ist da!« Ich musterte ihn und war verwirrt. Vor mir stand ein gutaussehender junger Mann, vielleicht Mitte zwanzig. Sonst lieferte immer ein älterer Herr die Pizza aus, der meist extra Kleinigkeiten für uns mitbrachte. Aber diesen neuen Typ hatte ich noch nie zuvor gesehen – schon sehr komisch in einer Kleinstadt. Na ja, ich konnte mir nicht über alles den Kopf zerbrechen und hatte genug andere Probleme. Ich kramte in meiner Geldbörse herum, fischte einen Schein heraus und reichte ihm 20$. »Stimmt so.«

Im Augenblick hatte ich wirklich keine Lust auf Smalltalk. Und da er mich gerade so ansah, als könnte er mich mit seinen Augen ausziehen, schon gar nicht. Ich hasste Typen, die dachten, sie wüssten alles vom Leben, nur weil sie die Weiber wechselten wie Unterhosen. Wer kannte diese Frauenhelden nicht? Offenbar war er genau solch ein Exemplar. Er schien meine Abneigung gespürt zu haben, denn nun holte er die Pizza aus der Transportbox und gab sie mir.

»Lass es dir schmecken, Täubchen«, witzelte er und zwinkerte mir auch noch zu. Echt jetzt?

Männer waren doch alle gleich. Entnervt knallte ich ihm die Tür vor der Nase zu und ging wieder ins Wohnzimmer. Unglaublich.

KAPITEL 2

Kaycee

Es waren genau acht Tage, sieben Stunden und zwanzig Minuten vergangen, seit sich unser Leben durch den tragischen Tod unserer Eltern komplett verändert hatte. Heute war der Tag der Beerdigung. Darina und ich trugen beide schwarze Kleidung. Doch selbst das schwärzeste Schwarz wäre nicht dunkel genug gewesen, um unsere Trauer zu verdeutlichen.

Gerade steuerten wir die Haustür an. Kurz bevor wir sie erreichten, hielt ich noch einmal inne und meine Schwester am Arm fest. Eine Strähne hatte sich aus ihrer Hochsteckfrisur gelöst und ich platzierte diese vorsichtig wieder dort, wo sie hingehörte.

»Danke«, kam leise über ihre zarten Lippen.

Ich umfasste ihre Wange, damit sie mich ansehen musste.

»Wir schaffen das gemeinsam, hörst du?«

Sie nickte mir dankbar zu und ich gab ihr noch einen Kuss auf die Stirn. Diese harte Zeit hatte uns noch mehr als früher zusammengeschweißt.

Ein letztes Mal blickte ich mich in dem großen Spiegel im Flur an und atmete geräuschvoll aus. Mein Kleid war knielang und ab der Taille ausgestellt, meine Füße steckten in schwarzen Pumps, die jetzt schon schmerzten.

Das lange Haar trug ich offen und leicht gewellt und meine dunkel geschminkten Augen schrien förmlich nach Trübsal.

Seit dem Tod unserer Eltern hatten sowohl Dina als auch ich keinen anderen Farbton mehr getragen. Es war einfach ein Zeichen unseres Leidensweges.

Die Bestattung sollte nur im engsten Kreis der Familie stattfinden, den Kollegen meiner Eltern hatte ich abgesagt. Ich konnte so etwas gerade echt nicht ertragen. Es gab zu viele Leute, die einfach auf einer Beerdigung auftauchten und so taten, als würde man sich ein Leben lang kennen. Das war die bittere Wahrheit. Auch, wenn sie schmerzte. Der Mensch war ein Wesen, was sich auch zu den ungünstigsten Momenten wichtigtun musste.

Nachdem wir auf dem Friedhof von Queens Creek angekommen waren, blickte ich mich um und verschaffte mir einen Überblick. Das Gelände wirkte sehr gepflegt. Glatt hätte es als Park durchgehen können.

Wir nahmen in der Kapelle in der ersten Reihe Platz und mein Magen zog sich schmerzhaft zusammen, als ich die Särge vorne stehen sah. Jetzt wurde mir erst richtig bewusst, dass ich Mum und Dad nie wieder in den Arm nehmen können würde. Ihre seelenlosen Körper lagen dort vorne, keine drei Meter von mir entfernt, in einem kalten Holzsarg. Es würde nie wieder Späße geben, nie wieder Ausflüge, kein gemeinsames Essen und nie wieder würde ich ihre Liebe spüren. Alles, was uns jetzt noch blieb, waren die Erinnerungen an die schönen Augenblicke mit ihnen.

Die Tür ging erneut auf. Instinktiv drehte ich mich um und riss beim Anblick der Person, die gerade eingetreten war, die Augen auf: Oma Tana. Seit ihrem Streit mit meinem Vater hatten wir keinen Kontakt mehr zu Oma. Wie es zu diesem gekommen war, wusste ich nicht. Als Oma uns sah, kam sie schnurstracks auf uns zugelaufen. Sie war noch gar nicht richtig bei uns, da sagte sie auch schon außer Atem:

»Ach, meine Mäuse … es tut mir so unendlich leid. Ich bin so schnell gekommen, wie ich konnte, nachdem ich davon erfahren habe. Die Polizei hat mich erst vor drei Tagen benachrichtigt!« Kurz holte sie Luft und ihre zuvor noch aufgebrachte Stimme wurde leiser, brüchiger. »Ich habe euch so vermisst. Ich werde erstmal bleiben, um euch zu unterstützen.« Sie drückte uns beide fest an sich. Tränen sammelten sich in ihren Augenwinkeln und liefen ihr über die Wangen. Ihr Schluchzen war herzzerreißend.

Alles in mir zog sich zusammen. Aber zumindest sollten wir jetzt nicht mehr allein mit unserer Trauer sein. Ich war unendlich froh, dass sie nun hier war. Jetzt würde alles besser werden.

Die Trauerrede gefiel mir sehr gut und würdigte meine Eltern.

Ich konnte mich nicht erinnern, jemals so viel geweint zu haben, wie in dieser halben Stunde. Aber es tat gut. Alles, was ich die letzten Tage unterdrückt hatte, drängte nun an die Oberfläche. Es war, als hätte sich ein Ventil geöffnet. Dina erging es ähnlich. Mit zittrigen Händen schob ich ihr ein Taschentuch nach dem anderen zu und strich ihr beruhigend über den Rücken.

Schließlich gingen wir nach draußen, um ihre Särge zu Grabe zu lassen. Das Wetter verhöhnte uns, denn es regte nun in Strömen. Wie im Film. Ein Glück hatten wir Schirme in meinem Kofferraum. Ich holte sie schnell und reichte Dina einen, die in der Kapelle auf mich gewartet hatte. Zusammen mit Grandma und den Angestellten des Friedhofs gingen wir in Richtung der Gräber. Der geteerte Weg endete und meine Pumps sanken in den aufgeweichten Untergrund, der aus Sand und Matsch bestand. Kleine Steine knirschten unter meinen Sohlen und es schien, als würde die Natur mit uns trauern. Mich fröstelte es. Eine Gänsehaut bildete sich auf meinen Armen. Nun musste ich stark sein, auch wenn es schwer sein würde. An dem Doppelgrab angekommen schloss ich meine Augen, versuchte, meine Atmung zu beruhigen und hörte Dina erneut bitterlich neben mir weinen. Ich drehte mich zu Oma und sah, dass sie still mit uns litt. So wie wir unseren Vater verloren hatten, so hatte sie ihren Sohn verloren. Ich ging als erste ans Grab, als die Särge eingelassen worden waren, und nahm eine Hand voll roter Rosenblüten. Ein Zeichen der unendlichen Liebe. Mit wässrigen Augen bückte ich mich herunter und streute sie auf das dunkle Holz.

War das hier wirklich real? Würde ich gleich aus diesem Albtraum aufwachen?

Sekunden vergingen, doch nichts dergleichen geschah.

Langsam erhob ich mich, wischte mir mit dem Ärmel über das Gesicht und ging zu den Bäumen am Rand. Während ich dort auf die anderen wartete, spürte ich plötzlich Blicke auf mir. Ich suchte das Gelände ab, sah auf Anhieb aber niemanden. Drehte ich nun völlig durch?

Gerade wollte ich mich abwenden, da bemerkte ich einen dunkel gekleideten Mann, der einige Meter entfernt von mir stand. Er war groß, breit gebaut und starrte direkt zu mir. Da einige Strähnen unter der Kapuze seiner Lederjacke hervorschauten, konnte ich erahnen, dass er dunkle Haare haben musste. Sein Gesicht war aufgrund des diesigen Wetters und der Entfernung nicht zu erkennen. Lediglich seine hellen Augen stachen deutlich hervor.

Immer wieder suchten wir unwillkürlich Blickkontakt zueinander. Irgendetwas an ihm sagte mir, dass er wusste, was ich empfand. Sofort hatte ich eine Art Verbundenheit gespürt. Da war dieses Verständnis in seinen Augen.

Ob er den Schmerz kannte, der mich seit Tagen zerfraß? Ob er ihn selbst schon einmal erlebt hatte? Ich presste die Lippen aufeinander und wandte mich ab, um zum Grab zu sehen. Gerade begannen die Angestellten, die Särge hinabzulassen und sie mit Erde zu bedecken. Als ich wieder nach dem Mann sehen wollte, war er verschwunden.

Die Beerdigung war vorbei. Viel zu schnell. Und doch nicht schnell genug.

Dina und ich fuhren vor und Oma folgte uns in einem Leihwagen. Meine Schwester seufzte leise neben mir:

»Weißt du, Kaycee, wenn du arbeiten bist, fühle ich mich so allein. Ähm … «, hoffnungsvoll schielte sie zu mir herüber. »Vielleicht könnten wir uns einen Hund holen. Du wünschst dir doch auch schon länger einen. Ich weiß, es ist nicht der beste Zeitpunkt und du denkst, ich spinne, aber Tiere geben einem so viel Liebe.«

Ich sah meine Schwester kurz mit gerunzelter Stirn an, bevor ich meinen Blick wieder auf die Straße richtete.

Wieso kam sie ausgerechnet jetzt auf diese Idee? Es stimmte, dass sie oft auf sich gestellt war, aber irgendwer musste eben Geld verdienen und die Rechnungen bezahlen. Trotzdem war mir bewusst, dass sie recht hatte. Gerade Hunde waren extrem treue Tiere und gaben einem sehr viel Liebe zurück. Und durch das Spazierengehen und Kümmern kam man auf andere Gedanken. Ich lächelte verhalten.

»Wir können uns ja mal in den Tierheimen in der Nähe umhören und schauen, ob dort der richtige Hund auf uns wartet.«

Sie nickte erfreut und endlich sah ich das erste Mal seit langem ein kleines Glitzern in ihren Augen. Schon diese kleine Emotion sagte mir, dass es die richtige Entscheidung war.

Zuhause angekommen redeten wir unendlich lange mit unserer Grandma, erzählten ihr alles, was in den letzten Jahren passiert war. Schütten ihr unsere Herzen aus und ließen den Tränen freien Lauf.

Alle drei saßen wir hier in unserem Wohnzimmer und wussten nicht, wieso wir so lange keinen Kontakt gehalten hatten. Es war traurig, aber nun würde es wieder anders werden. Ich vermisste meine Familie. Doch würde es für uns in Frage kommen, nach Deutschland zurückzukehren? Nach all dem? Wir hatten hier unser Leben aufgebaut und ich konnte mir nicht mehr wirklich vorstellen, wieder umzuziehen.

Hier hatten wir das Haus, was meine Eltern abbezahlt hatten.

Hier waren ihre Körper begraben.

Es würde eine schwere Entscheidung werden, die ich zum Glück nicht sofort treffen musste. Die Zeit verging wie im Flug, bis ich mich schließlich verabschiedete, um ins Bett zu gehen.

Als ich einschlief, hatte ich diesen fremden Mann vor Augen. Seinen durchdringenden, wissenden Blick. Ihn würde ich so schnell nicht vergessen können.

KAPITEL 3

Kaycee

Heute war ein ganz guter Tag – bis jetzt. Gerade bereitete ich das Frühstück vor, briet Eier mit Bacon und machte dazu Toast. Als ich uns dann Kaffee kochte, lief mir das Wasser im Mund zusammen. Ich war ein absoluter Kaffeejunkie und mein Körper freute sich schon auf seine morgendliche Dröhnung. Während ich den Tisch deckte, kam Darina, angelockt von den herrlichen Düften, die Treppe herunter.

Unsere Großmutter hatte sich letzte Nacht ein Hotelzimmer genommen, weil sie uns nicht zu sehr belagern wollte. Sie meinte, dass wir gerade nach diesem harten Tag zu Ruhe kommen mussten. Ab heute würde sie für die nächste Zeit hier wohnen.

»Guten Morgen Kay, hast du gut geschlafen?«, riss mich Dina aus meinem Gedanken.

Ich schenkte ihr ein herzliches Lächeln.

»Ja, ganz ok und du? Ich habe überlegt, wegen des Themas von gestern … Ein Hund wäre wahrscheinlich genau das Richtige für uns. Vielleicht sollten wir uns schon einmal umsehen.«

Dinas Mine erhellte sich sofort.

Meine Mundwinkel wanderten hingegen nach unten.

»Ich muss mir die Tage übrigens unbedingt einen neuen Job suchen, oder besser gesagt einen zweiten. Der Großteil unseres Ersparten ist für die Beerdigung draufgegangen.« Entschuldigend zuckte ich mit den Schultern.

Mum und Dad hatten ihr ganzes Geld in die Renovierung des Hauses gesteckt, damit wir uns hier wohlfühlten. Gerade, weil Darina so oft kränkelte und in den schlimmen Phasen an ihr Bett gefesselt war. Die Therapiekosten belasteten uns natürlich zusätzlich. Ich hatte schon die ganze Zeit versucht, meine Familie finanziell zu unterstützen, hatte aufs College verzichtet und lieber in einer gammeligen Bar gejobbt, in der es aber gutes Trinkgeld gab. Ein bisschen Ausschnitt und eine enge Jeans, schon floss gleich mehr Geld … typisch.

Darina überlegte und sah mich mit zusammengezogenen Brauen an.

»Das ist so ätzend. Du machst so viel, suchst dir noch einen zweiten Job und ich sitze hier zuhause und kann nichts tun!«

Energisch schüttelte ich den Kopf.

»Du musst auf deine Gesundheit achten, das ist das Wichtigste. Kein Geld der Welt oder irgendetwas anderes zählt mehr«, sagte ich mit vollster Überzeugung.

»Ich weiß, aber Kaycee … du musst auch mal an dich denken und dein Leben leben. Rausgehen. Neue Leute kennenlernen … Ich dachte wirklich, Charlie sei in Ordnung. Schon heftig, dass man sich so in Menschen täuschen kann.« Dass sie genau jetzt dieses Thema ansprechen musste, passte mir nicht im Geringsten.

»Ich möchte gar nicht an die Sache mit Charlie denken. Hoffentlich weiß es noch nicht die ganze Stadt, denn wer sollte so eine …«, ich malte Gänsefüßchen in die Luft, »… Schlampe wie mich einstellen? Überall erzählt sie herum, dass ich ihr den Freund ausgespannt und es mit der halben Stadt getrieben hätte. Und das alles nur wegen einem blöden Typen.«

Charlie hatte mich bereits des Öfteren ausgenutzt und bei anderen schlecht gemacht, nur um selbst besser dazustehen. Allerdings war ich unglaublich naiv und dumm gewesen. Immer glaubte ich an das Gute im Menschen. Und das sollte mir zum

Verhängnis werden. Jetzt, nach über drei Jahren und dieser Aktion, hatte auch ich gemerkt, wie Charlie wirklich war …

Darina dachte über meine Antwort nach. »Na ja … Ich habe sie noch nie gemocht. Du hast dir eben einfach eine gute Freundin gewünscht. Ich verstehe dich ja, Kay, aber manche Sachen kann man nicht erzwingen. Irgendwann findest du bestimmt jemanden, der dich zu schätzen weiß. Da bin ich mir sicher.« Nach einer kurzen Pause, in der ich ihr zunickte, ergänzte sie: »Also … essen und danach ins Tierheim?«

Ich grinste. »Guter Plan.«

Als wir uns an den großen, massiven Esstisch setzten, dachte ich noch einmal über ihre Worte nach. Natürlich konnte man Freundschaften nicht erzwingen und auch keine Beziehungen. Aber ich war einundzwanzig Jahre alt, hatte noch nie einen Freund, geschweige denn andere Erfahrungen, oder gar Sex gehabt.

Ich war schon froh darüber, dass ich das Wort überhaupt buchstabieren konnte. Wahrscheinlich würde ich als einsame Jungfrau sterben. Denn gerade jetzt würde ich erst recht keine Zeit mehr für einen Partner finden. Scheiß drauf. Wer brauchte schon einen dämlichen Macho an seiner Seite? Ich war stark genug für mich allein.

Ich befüllte unsere Teller, goss Orangensaft in zwei Gläser und den noch heißen, dampfenden Kaffee in die Tassen. In meine schüttete ich noch etwas Zucker und ein wenig Milch hinzu, ehe ich ihn genüsslich trank.

Nebenbei warf ich am Handy einen Blick auf die Website des Tierheims, was sich hier in der Stadt befand. Es gab so viele Hunde, die ein Zuhause suchten.

Die ungewollt waren.

Allein.

Wie wir.

Ich las ein paar der Beschreibungen und war so geschockt von den traurigen Schicksalen, dass ich mich energisch vom Tisch erhob. »Lass uns fahren!«

Als ich das Auto auf den Parkplatz des Tierheimes lenkte, spürte ich endlich sowas wie einen kleinen Funken Freude in mir aufkommen. Seit dem Tod meiner Eltern war ich innerlich genauso gestorben wie sie. »Irgendwann wird es wieder besser«, bekam man ständig zu hören. Es musste nur genug Zeit vergehen, um alle Wunden zu heilen. Aber stimmte das? Ich dachte, dass sich das viele Menschen nur ein- und vor allem schönredeten. Es gab Dinge im Leben, die wurden zwar mit der Zeit leichter, aber niemals weniger schlimm.

Ich parkte meinen Wagen, stellte die Automatik auf P, bevor wir zusammen ausstiegen und zum Hauptgebäude des Komplexes gingen. Eine nette, alte Dame saß hinter dem Tresen und empfing uns freundlich.

»Guten Morgen, wie kann ich euch helfen?«

Dina übernahm das Wort und grinste breit: »Hallo! Meine Schwester und ich möchten einem Hund ein schönes, neues Zuhause bieten und wollten schauen, ob hier der passende Vierbeiner für uns dabei ist.«

»Oh, sehr gerne. Ich schaue mal nach meiner Kollegin, dann zeige ich euch unsere Bewohner.«

Sie ging von dannen und wir warteten ungeduldig. Der Empfangsbereich war komplett gefliest und hatte etwas von einer Arztpraxis, aber alles sah sehr sauber und gepflegt aus. Gegenüber dem Tresen stand ein großes Bücherregal, auf das ich zuging. Es war voll mit Ratgebern zu den Themen Hundeerziehung und Gesundheit.

Mit den Fingerspitzen streifte ich leicht über die Buchrücken und zog eines heraus. In diesem Moment kehrte jedoch die nette Tierpflegerin zurück und entschuldigte sich für die kleine Verzögerung. Gespannt folgten wir ihr zu den Zwingern.

Noch gar nicht ganz angekommen, wurden wir schon von lautem Hundegebell begrüßt. Fast alle sprangen auf und liefen an die Türen, um beachtet zu werden. Sie alle wollten das gleiche: ein neues Zuhause, Kontakt und Zuneigung. Es waren um die zwanzig Hunde da, von winzig bis riesig, von jung bis alt. Die meisten Hunde waren völlig außer Rand und Band. Je dichter wir kamen, desto lauter bellten sie. Doch meine Aufmerksamkeit blieb an dem hintersten Zwinger hängen, in dem ein riesiger schwarzer Hund saß und uns einfach traurig mit seinen braunen Augen ansah. Er war anders als die anderen. Darina bemerkte meine Reaktion sogleich und zeigte mit dem Finger an das Ende des Flurs:

»Was ist mit dem, dort hinten im letzten Raum?«

Die Frau schaute bedrückt.

»Casper ist ein ganz toller Hund, hat aber eine schlimme Vergangenheit. Er mag fast niemanden und lässt sich auch kaum anfassen. Wir haben ihn aus einem verwahrlosten Haushalt gerettet – abgemagert, mit offenen Wunden und voller Parasiten. Die Leute waren umgezogen und hatten ihn einfach sich selbst überlassen.

Er ist ein braver Junge, doch seit drei Jahren will sich niemand seiner annehmen.«

Voller Mitleid ging ich auf den Zwinger zu und betrachtete den Hund. In seinen Augen sah ich pure Sanftheit und fragte mich, wieso keiner ihn genommen hatte. Ich streckte ihm die Hand durch die Gitterstäbe entgegen und wartete ab. Er kam auf mich zu, schnupperte an mir und leckte mich freudig ab.

Und wedelte mit dem Schwanz.

Verblüfft drehte ich mich zu meiner Schwester und der Pflegerin um.

»Das hat er noch nie gemacht! Sonst verbellt er die Leute oder lässt sich gar nicht anfassen!«, rief sie vor Freude strahlend aus.

»Können wir ihn mal herauslassen und schauen, wie er reagiert?«, fragte meine Schwester aufgeregt. So glücklich und ausgeglichen hatte ich sie lange nicht mehr gesehen.

»Ja, klar, ich habe ein gutes Gefühl bei Euch beiden, so zutraulich war Casper noch nie.«

Sie ging zum Zwinger und öffnete diesen, während wir einfach nur ruhig dastanden und Casper seinen Freiraum ließen. Er sollte den ersten Schritt machen. Seine Reaktion erstaunte uns abermals, denn der Hund kam schwanzwedelnd auf uns zu und freute sich so sehr, dass er mich ansprang und zu Boden beförderte. Ich lachte – wie schon lange nicht mehr – und streichelte das wirklich riesige, flauschige Tier.

Meine Schwester begrüßte er auf die gleiche Art und Weise.

Die Frau sah uns entschuldigend an: »Wie Ihr seht, muss er noch einiges lernen und braucht Erziehung. Aber er scheint euch wirklich zu mögen. Ich habe nicht daran geglaubt, das irgendwann noch zu erleben! Ich dachte schon, der arme Kerl würde bis zum Rest seines Lebens hier sitzen.«

»Er ist so lieb! Was meinst du, Kaycee?«, fragte Dina voller Hoffnung. Sie hatte ihr Herz schon verschenkt, das merkte ich sofort.

Einen Moment lang runzelte ich die Stirn und dachte darüber nach. Der Hund passte perfekt zu uns. Ausreichend Platz hatten wir ebenfalls. Wenn ich einen zweiten Job annahm, müssten wir uns auch keine Gedanken um das Geld machen. Die Entscheidung stand schneller fest, als ich es mir je erträumt hätte.

»Ja, ich denke, er ist perfekt.«

Wir redeten noch eine Weile mit der Frau des Tierheims. Sie informierte uns genau, auf was wir achten sollten und was wir noch für ihn kaufen mussten. Seine kleinen Macken und der richtige Umgang mit diesen waren ebenfalls ein Thema. Während wir alle Unterlagen unterschrieben, fiepte Casper neben uns. Er war so aufgeregt, dass ihn endlich jemand mitnahm. Die nette Dame gab uns noch Decke, Leine und das Halsband mit, was er trug, dann machten wir uns mit Casper auf den Weg zum Auto.

Dina drehte sich auf dem Parkplatz zu mir um und lachte: »Kay, es sieht aus, als würde der Hund mit dir Gassi gehen. Er ist echt verdammt groß!«

Oh ja, das stimmte. Sein Kopf endete erst auf Höhe meiner Taille. Zu meiner Verteidigung musste ich sagen, dass ich sehr klein war. Ich sperrte das Auto auf und legte die Decke in den Kofferraum. Casper sprang ohne jede weitere Aufforderung hinein und legte sich hin. Er gähnte genüsslich und blickte mich an, als wollte er sagen: »Wann geht's denn endlich los?« Sein verliebter Gesichtsausdruck brachte mich zum Schmunzeln und nahm mir ein wenig meiner Trauer. Wir verbrachten mehr als zwei Stunden im Tierfachgeschäft, um Futter, Körbchen und Näpfe zu besorgen. Wieder zu Hause angekommen, ließ ich Casper aus dem Kofferraum heraus. Die ganze Zeit über hatte er in dem Auto geschlafen. Wahrscheinlich fühlte er sich nun endlich sicher. Immerhin hatte er jetzt ein Rudel. Im Augenblick stürmte er jedoch die Treppen zur Veranda hinauf, wo er auf uns wartete. Es war, als wenn er schon hunderte Male hier gewesen wäre. Ich blickte mich um und suchte vergebens nach dem Auto von Grandma. Seltsam, denn eigentlich hatte sie doch gegen Mittag herkommen wollen!

Mit den Schultern zuckend ging ich zur Tür und schloss auf, da empfing mich auch schon der Geruch von Essen. Sofort lief mir das Wasser im Mund zusammen. Mein verwunderter Blick huschte in Richtung Küche, wo Oma am Herd stand und in einem riesigen Topf Bolognese anrührte. Keiner konnte dieses Gericht so gut kochen wie Oma Tana. Wir hatten meine Oma schon vor dem Vorfall mit meinen Eltern ewig nicht mehr gesehen.

In meiner frühen Jugend waren wir mit unseren Eltern nach Amerika ausgewandert – in das Land der unbegrenzten Möglichkeiten, wie die Deutschen immer sagten. Für Darina und mich war es schwer gewesen. Wir hatten all unsere Freunde und auch den Rest der Familie zurücklassen müssen. Kurz gesagt: Wir hatten nichts und niemanden. Oma Tana hatte uns vor drei Jahren das letzte Mal besucht und war mit Dad in einen so großen Streit geraten, dass sie den Kontakt völlig abgebrochen hatte. Immer noch wussten wir nicht, was damals genau geschehen war. Irgendwann hatten wir das Thema auf sich beruhen lassen und nicht mehr nachgefragt.

Wir selbst waren schon ewig nicht mehr in Deutschland gewesen, einfach aus dem Grund, weil uns das Geld fehlte. Ich war so froh, dass Oma hergekommen war und erst einmal eine Weile blieb. Es fühlte sich gut an, wieder ein Stück Familie hier zu haben. Vielleicht würde sich nun wieder einiges ändern. In unserer Kindheit waren Darina und ich gefühlt jeden Tag bei Oma gewesen. Damals hatte auch noch unser Opa gelebt. Dieser war aber leider viel zu früh verstorben.

»Na, meine beiden, da seid ihr ja endlich! Ich habe mir schon Sorgen gemacht, wo ihr so lange bleibt!«, sagte Oma und drehte sich vom Herd um. Dann sah sie Casper auf sich zulaufen, wich erschrocken einen Schritt zurück und presste sich gegen die Arbeitsplatte. »Ach du meine Güte, ist der riesig!«

Schnell hatte sie den ersten Schock überwunden und streckte dann die Hand aus.

»Na, komm mal her und lass dich begrüßen!«

Unsere Oma hatte schon immer ein großes Herz für Tiere gehabt. Am liebsten würde sie alle retten. Casper freute sich so enorm, dass er die ganze Zeit fiepte und mit dem wedelnden Schwanz gegen die Möbel stieß. Oma knuddelte ihn ausgiebig und die zwei hörten nicht mehr auf, sich zu freuen. Tja, wir hatten den richtigen Hund ausgesucht. Darina war auch gleich Feuer und Flamme und erklärte:

»Das ist Casper. Wir haben ihn gerade aus dem Tierheim geholt. Eigentlich hat er sich eher für uns entschieden. Er hat anscheinend Bindungsprobleme und lässt sich auch nicht gerne von Fremden anfassen, aber sieh ihn dir an, er hat sofort eine Bindung zu uns aufgebaut. Der Arme hat so eine schlimme Vergangenheit!«

Oma tätschelte den Kopf des Hundes und lächelte. »Nun wird er aber ein schönes Leben haben! Menschen können sehr grausam sein.«

Jetzt war sie dazu übergegangen, seine Ohren zu kraulen.

»So ein toller, braver Kerl. Wie alt ist er denn?«, fragte sie neugierig.

»Im Tierheim konnten sie es nicht genau sagen, da er lange unter nicht so guten Umständen in einem Haus gelebt hat. Die Leute sind wohl umgezogen und haben ihn einfach zurückgelassen. Er soll schätzungsweise sechs Jahre alt sein«, sagte ich.

Meine Oma schaute Casper traurig an.

»Oh, du armer, kleiner Mann, von jetzt an wirst du es guthaben. Habt ihr ihm schon Leckerlis gekauft?«

»Ja! Wir haben uns auch schon um Futter und alles andere gekümmert.« Darina ging nach draußen zum Kofferraum des Autos und kam kurz darauf mit einer riesigen Tüte voller Hundesachen und seinem Körbchen zurück, das so groß war, dass sie es kaum tragen konnte. Schnaufend stellte sie den Einkauf auf dem Tisch ab und holte neben den Näpfen allerlei Spielzeug, seine neue Leine, ein Halsband und Kausnacks heraus.

»Das Futter ist noch im Auto, das ist zu schwer. Kannst du mir damit mal helfen?«, wandte sie sich an mich. Gemeinsam schleppten wir also den fünfzehn Kilogramm schweren Sack Hundefutter ins Haus. Ich hoffte wirklich, dass er das Futter erst einmal akzeptierte, bis wir online etwas Besseres kaufen konnten. Den Napf stellte ich an seinen vorgesehenen Platz in der Küche und füllte etwas von dem Futter in die Schale. Casper machte sich ohne Umschweife über sein Essen her. Das Körbchen legte ich ins Wohnzimmer, damit er immer in unserer Nähe schlafen konnte. Dann rief ich nach Casper und zeigte ihm sein neues

Reich. Sogleich ließ er sich im Körbchen nieder, drehte sich im Kreis, rollte sich zusammen und schnaufte zufrieden.

»Komm, Kind, setz dich, dann können wir anfangen zu essen.« Oma hatte mit Darina schon den Tisch gedeckt und trommelte uns zusammen. Jeden Teller befüllte sie gleichermaßen mit Pasta und Bolognesesauce. Nur sich selbst gab sie eine kleinere Portion – wie damals schon immer. Wir bedankten uns für das Kochen, aßen in Ruhe und sprachen darüber, wie es uns in den letzten Jahren ergangen war. In meinem Bauch machte sich ein richtiges Glücksgefühl breit. Es war unbeschreiblich schön, nach so langer Zeit wieder mit Oma zu reden. Allerdings geisterte mir nach wie vor diese eine Frage im Kopf herum: Warum hatten sich Dad und Oma gestritten? Ich entschied, dass es zu früh war, hier nachzubohren und vielleicht offene Wunden aufzureißen.

KAPITEL 4

Kaycee

Langsam neigte sich die Zeit, die mir zum Trauern und Trübsal blasen geblieben war, dem Ende entgegen – denn ich musste wieder arbeiten gehen. Wir brauchten *dringend* das Geld, um wie gewohnt weiterleben zu können.

Ich musste mich also um eine neue Stelle kümmern. Wirklich Lust hatte ich darauf natürlich nicht. Aber es musste sein. Immerhin war ich verantwortlich für uns. Und Casper.

Jeden verdammten Tag hatte ich mir den Kopf darüber zerbrochen, was ich wegen meines Jobs machen sollte. Als Kellnerin im *Joe's* verdiente ich einfach nicht genug. Ich könnte niemals alle Rechnungen von meinem mickrigen Gehalt bezahlen, nicht einmal mit ständigen Zwölf-Stunden-Schichten. Wie sollte ich das alles schaffen? Darina war zwar erst einmal aus dem Gröbsten heraus und ich hoffte von ganzem Herzen, dass es so blieb, doch die starken Medikamente hatten sie einfach extrem geschwächt. Mir war bewusst, dass sie in den nächsten Jahren nicht arbeiten können würde. Das wäre eine zu große Belastung für sie und ihren Körper. Eigentlich gab es für mich nur noch wenige Möglichkeiten, denn ganz ehrlich: Wie sollte ich es schaffen, drei Jobs zu erfüllen und gleichzeitig für meine Schwester da zu sein? Es ging einfach nicht. Von Charlie hatte ich allerdings schon öfter von einem gewissen James Torres gehört, bei dem man wohl für ein saftiges Gehalt arbeiten konnte. Sie schwärmte sogar ständig von diesem Typen.

Ich konnte mich noch genau an ihre Erzählungen erinnern und wusste durch diese, dass er einige Clubs in Phoenix besaß. Immer wieder sagte sie mir, wie lange sie schon davon träumte, dass er sie endlich wahrnahm. Aber er zeigte kein Interesse. Nie. Und das machte Charlie fuchsteufelswild. Eine Sache, die sie nicht leiden konnte, war Ablehnung.

Vielleicht sollte ich diesen Torres einmal aufsuchen.

Ob er wirklich seriös war, wagte ich irgendwie zu bezweifeln. Selbst über so etwas wie einen Sugar-Daddy hatte ich schon nachgedacht, aber mit alten Männern intim werden ...? Das konnte ich nicht mit mir vereinbaren. Vor allem redeten die Leute bereits jetzt schon über mich. Sollte ich da wirklich noch mehr Salz in die Wunde streuen? Nein, danke. Wenn ich mir auch nur ansatzweise ausmalte, dass mich die Nachbarn mit einem Senior an der Seite sahen, dann würden sie Charlies Erzählungen tatsächlich Glauben schenken.

Ich schnappte mir meinen Laptop und durchforstete das Internet.

James Torres war einfach zu finden, leichter als gedacht, ehrlich gesagt. Er hatte sein Büro vierzig Meilen von hier in Phoenix. Es sollte direkt in seinem Club liegen, der von allen den meisten Hype abbekam. Das *Heavenly's*. Was hatte ich schon zu verlieren? Die Jobsuche hatte ich lange genug vor mir hergeschoben. Es war an der Zeit, Nägel mit Köpfen zu machen. Ich machte mich frisch, ging zu meinem Auto, gab die Adresse in das Navi ein und fuhr los. Ich konnte nur hoffen, dass er mir eine Chance gab, auch ohne Qualifikationen.

Als ich nach etwa einer Stunde an der besagten Adresse ankam, lief es mir kalt den Rücken runter. Das hier war sicher alles, aber nicht seriös! Es handelte sich um ein ziemlich heruntergekommenes Viertel mit engen Gassen, Graffiti an den Mauern und vermüllten Bürgersteigen. Angeekelt verzog ich das Gesicht und rümpfte die Nase. Es stank nach Urin. Das konnte ich schon durch die Lüftung meines Wagens riechen. Wahrscheinlich nutzen die Menschen, die hierherkamen, die gesamte Straße als eine einzige, große Toilette. In einer Ecke sah ich einen hockenden Mann, der sich die Vene abklemmte. Seine Haut war fahl, übersäht mit Pusteln. Schlagartig rutschte mir mein Herz in die Hose. Wo war ich hier gelandet?

Vor dem Club selbst sah es glücklicherweise deutlich ordentlicher aus. Ich begab mich zu der Hausnummer, die ich im Internet herausgesucht hatte. Das Büro befand sich auf der Hinterseite des zweistöckigen Clubs, der wie ein Fabrikgebäude anmutete. An der Klingel stand kein Name, nur »Büro«. Hier musste ich richtig sein. Gespannt drückte ich den Knopf und wartete. Ein paar Sekunden später meldete sich eine Frau mit piepsiger Stimme:

»Jaaa? Wie kann ich Ihnen helfen?«

»Ich möchte zu Mr. Torres, mein Name ist Kaycee Moore.«

»Haben Sie denn einen Termin?«

»Nein, leider nicht, aber ich suche einen neuen Job und würde mich sehr gerne vorstellen.«

»Kommen Sie rein«, sagte sie noch, als sich bereits der Summer meldete.

Schnell drückte ich die Tür auf und sah einen langen dunklen Flur vor mir, der nur mit dem seichten Licht der Deckenspots erhellt wurde. Ich ging den Flur entlang, bis eine aufgedonnerte Blondine auftauchte und mich erwartungsvoll ansah.

»Hallo. Schön, dass Sie da sind. Bitte setzen Sie sich erst einmal dorthin. Mr. Torres wird gleich kommen.«

Wie angewiesen ließ ich mich auf dem Platz nieder, den sie mir gezeigt hatte, und sah mich um. Es war sauberer und hübscher, als es von außen den Anschein machte. Der Boden war aus dunklem Dielenboden, die Möbel alle elegant weiß und hochglänzend gehalten. Es gab eine kleine Sitzecke, die aus zwei runden Sesseln und einem Glastisch bestand, auf dem eine Karaffe voll Wasser stand. Eigentlich ganz nett. Furchterregend war die Gegend trotzdem. Wer wusste schon, was Mr. Torres für Jobs im Angebot hatte.

Er ließ lange auf sich warten. Immer wieder schielte ich auf meine Armbanduhr, deren Zeiger sich unermüdlich drehten. Es verging fast eine Stunde. Die Zeit zog sich wie Kaugummi. Ich beobachtete daher die blonde Frau, die eifrig ihrer Arbeit nachging. Langsam hatte ich wirklich die Schnauze voll. Ich schnaufte, nahm meine Tasche vom Boden und wollte mich von der Dame verabschieden. An der Tür angekommen, hörte ich, wie sich eine andere im hinteren Flur öffnete. Irritiert verharrte ich und drehte mich um. Aus dem Zimmer traten ein Mann und eine kichernde, rothaarige Frau. Ich betrachtete sie, wie sie ihm hinterherlief, ihr roter Lippenstift komplett verschmiert. Die Haare sahen aus wie ein Vogelnest und ihre Bluse war komplett zerknittert. Sie war hübsch, daran bestand kein Zweifel, aber in ihren Augen lag dieser Glanz, den ich bereits von Charlie zu gut kannte. Arroganz, Abgehobenheit, Selbstliebe. Dann wanderte mein Blick weiter zu dem Mann, der vor ihr stand. Das musste wohl James Torres sein. Ich musterte ihn, verschluckte mich fast an meinem Speichel. Er war mehr als gutaussehend. Mir fehlten die Worte.

Mit seinen bestimmt fast 1,90m ragte er über unsere Köpfe hervor. Seine breite, muskulöse Brust, die kräftigen Arme und das markante Gesicht, welches von einem Dreitagebart geziert war, gefielen mir. Er war lässig gekleidet, trug eine dunkle Jeans und ein schwarzes T-Shirt, was seiner Statur noch mehr schmeichelte. Der Ausdruck in seinen Augen kam mir unheimlich vertraut vor, aber ich wusste nicht woher.

Er war genau der Typ Mann, den man als *Bad Boy* bezeichnen würde. Wo war ich hier nur gelandet? Versteht mich nicht falsch, der Typ war mega heiß, aber alles an ihm schrie förmlich nach Arschloch und auf genau solche Männer hatte ich keine Lust, vor allem nicht als Chef. Während ich ihn unverhohlen anstarrte, erwiderte er meinen Blick standhaft und geradezu durchdringend. Wer war er?

Endlich klinkte sich die Assistentin von Mr. Torres ein.

»Mr. Torres, die Dame dort ist für Sie. Sie ist wegen einer Arbeitsstelle hier.« Sie hatte ihn nicht mal über meine Anwesenheit informiert?! Und ich durfte hier die ganze Zeit warten?! Wahnsinn. Wut brodelte in mir auf.

Jetzt sah die Rothaarige mich zum ersten Mal an, denn bis dato hatte ihre Aufmerksamkeit noch an dem Körper des Mannes neben ihr gehangen. Nun, als ich in ihr Blickfeld geriet, riss sie ihre Augen auf und betrachtete mich von oben herab, als wäre ich eine räudige Ratte. Auch ich erkannte sie jetzt. Eine von Charlies Freundinnen. Allerdings hatte ich sie erst ein paarmal flüchtig gesehen.

»Ähm … Ja, man sieht, dass *die* Arbeit braucht, bei dem geschmacklosen Outfit, was die trägt.« Sie rümpfte angeekelt die Nase, was echt scheiße aussah. Ich musste ein bisschen lachen und konnte mir meine Antwort darauf nicht verkneifen.

»Na ja, wenigstens sehe ich nicht aus wie ein Clown und glatt sind meine Klamotten auch. Vielleicht hättest du erst einmal in den Spiegel schauen sollen, bevor du dich über *mich* auslässt? Was übrigens sehr unhöflich ist, wenn sich die Person auch im Raum aufhält.« Manchmal hatte ich mich nicht im Griff.

Sie sah mich böse an, machte einen Schmollmund und jammerte an Mr. Torres gewandt: »James! Jetzt sag doch was, das kannst du doch nicht zulassen!« Dann fing sie auch noch an, herumzustottern, und sah aus, als würde sie gleich anfangen zu heulen.

Im Ernst jetzt? Erst austeilen und dann nicht einstecken können. Aber dieses Verhalten hatte sie schon früher an den Tag gelegt, laut Charlie. Ob diese wusste, dass eine ihrer Freundinnen sich mit ihrem geliebten James vergnügte? Wohl kaum.

Mr. Torres, den ich bis eben gepflegt ignoriert hatte, sah mich erstaunt an, zog die Augenbrauen hoch und schmunzelte.

Er hatte wohl nicht damit gerechnet, dass ich ihr Kontra bieten würde.

»Also Jen, es tut mir leid, aber die Dame hat recht. Es ist wirklich unhöflich, so über Leute zu reden.« Belustigt deutete er mit dem Zeigefinger in sein Gesicht. »Und du hast wirklich überall Lippenstift.«

»A... Ab... Aber James! Hast du nicht gesehen, wer die Tussi ist?«

»Sollte es mich interessieren? Sie ist hier, weil sie Arbeit sucht.«

»Der kannst du keine Arbeit geben! Das ist die, von der ich dir erzählt habe. Die will doch nur mit dir in die Kiste, damit sie es Charlie heimzahlen kann. So wie bei ihrem anderen Freund.«

Ich dachte echt, dass ich gerade im falschen Film war. Also hatte Charlie ganze Arbeit geleistet. Überall hatte sie Lügen verbreitet und alle sahen mich mit diesem abschätzigen Blick an. Super ... Großes Lob an dich, Charlie, alles richtig gemacht.

»Vielleicht sollte Charlie mal erfahren, was ihre ach so tolle Freundin hinter ihrem Rücken treibt?« Ich zog meine Augenbrauen hoch, blickte sie kühl an.

»Das wird sie dir nicht glauben!« Nun konnte sie plötzlich wieder fehlerfrei reden. Leise schnaubte ich, zückte mein Handy hervor und schoss ein Foto von ihr. Wie sie dastand, mit Lippenstift im Gesicht, die Haare vollkommen zerzaust und Angst im Blick.

Natürlich würde ich Charlie das Bild nicht senden, ich wollte der doofen Kuh nur einen kleinen Denkzettel verpassen. Mich ging diese hinterfotzige Freundschaft nichts an, aber sie sollten endlich lernen, mich aus ihren bescheuerten Spielchen herauszulassen.

Nach dieser Szene konnte ich den Job wohl vergessen. Das war es mir wert gewesen.

»Das kannst du nicht machen! Sie wird mich umbringen!«, schrie sie mir zu. Plötzlich erhob Mr. Torres seine Stimme, diesmal forscher.

»Es reicht wirklich, Jen. Verzieh dich und komm nicht mehr wieder. Ich brauche so einen Scheiß nicht!«

Sie sah ihn geschockt an. Genau wie ich.

»Das kannst du nicht ernst meinen! Wir hatten doch etwas Großes miteinander!«

»Es war ein einfacher Fick. Wenn du damit nicht umgehen kannst, brauchst du gar nicht wiederzukommen«, erwiderte er kalt.

»Du verdammtes Arschloch!«

Jetzt war sie wirklich fassungslos und rauschte an mir vorbei, aber nicht, ohne mir noch »Blöde Bitch« an den Kopf zu werfen.

Was für ein Drama, dachte ich augenrollend.

James

Jen war manchmal auf dem Stand einer Zwölfjährigen. Das Einzige, was sie wirklich gut konnte, war meinen Schwanz zu lutschen. Aber das war ja nichts Neues. Dumm fickt gut. Ich hatte wirklich keinen Bock auf solche Weiberscheiße, also brauchte sie nicht mehr wiederkommen. Auch wenn ich ihren süßen Mund um meinen Schwanz vermissen würde. Ich Depp hatte nicht einmal gewusst, dass sie eine Freundin von Charlie war. Die Sache hatte sich von daher also eh erledigt. Seit Jahren klebte sie mir am Arsch und ich wurde dieses Biest nicht los. Ich hasste Weiber wie sie. Die Frau, die hergekommen war, um nach Arbeit zu fragen, erstaunte mich allerdings. Sie hatte sich getraut, Jen in meinem Beisein die Leviten zu lesen. Gehört hatte ich natürlich schon von ihr, wie auch nicht. Denn ihre anscheinend ehemals beste Freundin Charlie hatte sich überall das Maul über sie zerrissen. Als wenn solches Geschwätz irgendwen interessierte. Ich konnte mir nicht vorstellen, dass es stimmte. Dass sie, welche hier vor mir stand, Charlie jedes Mal den Mann ausgespannt haben sollte – das wären wohl so einige gewesen. Und selbst, wenn? Mir konnte es egal sein. Klar, Charlie war die Schwester von Jason. Das änderte aber nichts daran, dass es sich bei Charlie um eine kleine verlogene Schlampe handelte. Ich würde nur trotzdem gerne wissen, was sie sich von diesen Gerüchten erhofft hatte. Es gab da irgendwas, von dem ich noch nichts wusste.

Gerade schien die junge Frau gehen zu wollen und war schon fast an der Tür, als ich sie endlich ansprach. »Wo willst du hin? Ich dachte, du bist wegen eines Jobs hier?«

Verwundert sah sie mich an.

»Ja, aber das hat sich ja jetzt sicher erledigt.« Sie wirkte entmutigt und ließ die Schultern hängen.

Was mich aber wirklich entsetzte, war der Ausdruck in ihren grünen Augen. Denn diesen hatte ich schon so oft gesehen, dass ich ihn immer wieder erkennen würde. Fast jede Nacht tauchte sie in meinen Träumen auf. Nun war ich mir sicher: Sie war die Frau vom Friedhof. Und jetzt stand sie hier vor mir. Die Welt meinte es heute gut mit mir.

»Komm erst einmal in mein Büro und wir reden darüber.«

Ein kleiner Hoffnungsschimmer flammte in ihren Augen auf. Mit einem irritierten »Okay?« nahm sie ihre Hand von der Türklinke, drehte sich wieder um und folgte mir. Ich musste schon sagen: Sie war geil. Aus der Ferne hatte ich bereits gesehen, dass sie schön war, aber nun, aus nächster Nähe, raubte sie mir den Atem. Auf eine ganz natürliche Art – im Gegensatz zu den Weibern, die ich sonst benutzte. Die schwarzen Boots und die Lederjacke ließen sie taff wirken. Make-up trug sie zwar, aber nur wenig.

Ich hielt ihr die Tür auf und sie ging hindurch. Die dunkle Jeans, die eng an ihrem Körper anlag, betonte ihren heißen Knackarsch, und ich bemerkte, wie meine Hose im Schritt enger wurde. Scheiße. Womit hatte ich das verdient? Endlich war sie hier und ich hatte nicht einmal meine Männer losschicken müssen, um sie zu suchen. Denn seit diesem Tag hatte ich nur noch *sie* in meinem Kopf.

»Nimm doch Platz, dann können wir gleich zur Sache kommen.« Ich ging zu meinem Bürostuhl und setzte mich. »Also, nach was für Arbeit suchst du?«

»Ich brauche irgendetwas, womit ich viel Geld verdienen kann«, antwortete sie. Interessant, nur wofür?

»Okay, hast du irgendwelche Vorzüge? Wo hast du bisher gearbeitet?«

»Ich kellnere gerade im *Joe's*, das ist eine Bar gut eine Stunde entfernt von hier. Früher habe ich auch in einem Tierheim ausgeholfen.«

Meine Hand wanderte zu meinem Schwanz, den ich richten musste, da meine Hose immer enger wurde, obwohl ich eben erst in Jens Mund gespritzt hatte. Fuck, sie war besser als alles, was ich mir je erträumt hatte. Sie war perfekt und ich musste sie haben.

»Arbeitest du gerne an der Bar? Und kannst du alle geläufigen Cocktails mixen?«, fragte ich in einem ruhigen Tonfall. In mir schrie allerdings alles danach, sie zu packen und gleich hier auf dem Tisch zu vögeln.

»Ja, kann ich, und ich arbeite eigentlich sehr gerne dort. So kann ich mich tagsüber um meine Schwester kümmern. Das Gehalt ist aber … eher mager.«

Ihre Schwester, das musste die junge Frau sein, die mit ihr beim Friedhof gewesen war.

Ich dachte darüber nach, sie in meinem Lieblingsclub einzusetzen. Dort fehlte so oder so gerade eine Barfrau und sie würde ganz gut passen. Und das Beste? Ich würde sie jeden Tag sehen können. Die Bestie in mir schrie verlangend auf.

Schon durch ihr loses Mundwerk würde sie keine Probleme haben, sich durchzusetzen. Gutes Trinkgeld könnte sie mit ihrem Körper in der Arbeitsuniform ebenfalls verdienen.

»Steh auf«, forderte ich. Ich musste mich noch einmal davon überzeugen, dass ich richtig lag.

Sie hob eine Braue und tat, was ich ihr sagte.

Fuck. Sehr gut.

Langsam erhob ich mich, umrundete den dunklen Schreibtisch aus Massivholz und ging auf sie zu. Nun stand ich direkt hinter ihr. Das Erste, was ich wahrnahm, war ihr blumiger, weiblicher Duft. Ein Hauch von Kokos. Meine Finger strichen leicht durch ihr braunes Haar, was locker ihren Rücken herabhing. Seidig. Weich. Ich wickelte den Zopf um meine Faust und zog soweit daran, bis sie mich anblickte. Sie ließ es geschehen, sah mich jedoch standhaft an. Sofort hatten mich diese Augen wieder in ihrem Bann und ließen mich nicht frei. Ihr Blick fesselte mich, war wunderschön: wild und unschuldig zugleich. In diesem Moment waren wir beide in den Augen des anderen gefangen, wie damals auf dem Friedhof. Ich brauchte sie. Sie musste *Mein* werden. Mit der anderen Hand fuhr ich die Konturen ihres Köpers nach. Kurz zuckte sie zusammen und ich spürte, wie sie den Atem anhielt.

Sie war perfekt, genau wie ich gedacht hatte. Kurz vor ihrem Hintern stoppte ich, denn ich wollte sie nicht völlig verärgern. Jedenfalls nicht heute.

»Du wirst einiges an Trinkgeld bekommen«, sagte ich mit einem leisen Knurren zu ihr. Ich ließ von ihr ab, ging mit schweren Schritten wieder zu meinem Bürosessel. Immer noch geschockt stand sie da und schien das soeben Geschehene zu verarbeiten. Charlie hatte offensichtlich nur geblufft: Die Dame vor mir war nicht leicht zu haben, sonst hätte sie sich spätestens jetzt an mich rangeschmissen. Ich hatte gesehen, dass ich ihr gefiel. Schmunzelnd stützte ich meinen Arm auf die Tischplatte und musste meine Gedanken wieder in die richtige Richtung lenken.

Was mir Sorgen bereitete, war ihre mögliche Reaktion, wenn sie herausfinden würde, was im Club ablief. Hauptsächlich hielten sich dort die Schönen und Reichen auf, aber er wurde auch als Schauplatz für allerhand schmutzige Geschäfte gebraucht. Diese lagen wahrscheinlich jenseits ihrer Vorstellungskraft, so behütet wie sie wirkte.

Aus irgendeinem Grund wollte ich ihr helfen. Eigentlich waren mir die meisten Menschen egal, außer meiner Mutter, Jax, Stella und Aiden. Vielleicht lag mir auch noch etwas an West, aber damit endete die Liste auch. Dieser Ausdruck in ihrem Gesicht ließ mich allerdings weich werden. Ich konnte einfach nicht anders. Mit ihren grünen Augen sah sie mich an und es war beschlossene Sache.

Ich hatte schon fast meinen Freund Aiden auf sie ansetzen wollen, es aber schließlich sein gelassen. Er musste nicht wissen, dass ich eine Schwäche besaß. Nämlich sie.

Warum wirkte sie nur so verdammt unschuldig und ungezähmt zugleich? Gerade dieser Widerspruch machte mich ehrlich gesagt noch mehr an.

»Du hast den Job. Ich brauche noch deine Daten.«

Wir klärten noch einige geschäftliche Dinge und einigten uns über Arbeitszeit sowie Bezahlung. Nächste Woche sollte sie beginnen.

Ich schrieb mir alles über sie auf, um ja nichts zu vergessen. Sie wohnte nicht weit entfernt, also konnte ich die Woche damit überbrücken, mehr über sie zu erfahren.

Ich wollte *alles* wissen.

Jedes noch so kleine Geheimnis.

Als sie aufstand und sich verabschiedete, hielt ich sie noch einmal zurück.

»Miss Moore, haben Sie einen Freund?« Ihren Namen ließ ich mir dabei auf der Zunge zergehen. Mit geweiteten Augen sah sie mich an und erwiderte:

»Nein, wieso? Wegen der ganzen Gerüchte, die über mich kursieren?« Plötzlich veränderte sich der Ton ihrer Stimme und sie klang wie eine fauchende Raubkatze, die man in die Enge gedrängt hatte. So wie ich es mochte.

»Ich hatte noch nie einen Freund und ich habe auch nie irgendwem den Mann ausgespannt. Das habe ich nicht nötig! Ich wünsche Ihnen noch einen schönen Tag.«

Sie drehte sich um und ging, ließ mir nicht mal die Gelegenheit, ihr zu antworten.

Diese Frau hatte ordentlich Feuer.

Kaycee passte perfekt zu mir. Anders als die ganzen Bitches, mit denen ich mich sonst abgab.

Die immer zu allem Ja und Amen sagten.

Die sich wahrscheinlich sogar eine Knarre an den Kopf halten würden, wenn man es ihnen befahl.

Sie hatten eben ein Spatzenhirn, waren nicht für mehr zu gebrauchen, als seinen Schwanz in ihnen zu versenken.

Ich würde Kaycee Rose Moore im Blick behalten, jeden verdammten Tag. Alles über sie herausfinden und sie dann zu der *Meinen* machen. Sie war die Richtige. Hundertprozentig. Aber ich musste höllisch aufpassen.

Kaycee

Nun hatte ich zwar einen neuen Job, aber unheimlich war dieser Typ trotzdem irgendwie. Und heiß. Doch das konnte ich mir eh wieder aus dem Kopf schlagen. Ich hatte weder Zeit für eine Beziehung noch konnte ich es mir wegen Darina erlauben, mit solchen Typen anzubändeln. Immerhin roch er nach Ärger und würde im schlimmsten Fall meine Schwester in Schwierigkeiten bringen. Sie brauchte mich, mehr denn je. Darina würde mir immer wichtiger sein als irgendein Mann. Die vielen harten Zeiten hatten uns einfach zusammengeschweißt und außerdem war sie meine Familie. Mein Ein und Alles.

Leider blieb da dieser verräterische Eindruck nach dem Treffen mit ihm zurück: dass ich ihn kannte. Noch konnte ich jedoch nicht zuordnen, woher.

Mit einem mulmigen Gefühl in der Magengrube fuhr ich nach Hause und parkte den BMW in der Garage. Auf direktem Weg ging ich ins Haus und steuerte sofort die Dusche an, wurde allerdings von Casper aufgehalten, der mich schwanzwedelnd begrüßte.

»Hey, mein Süßer! Na, wo sind Oma und Dina? Hast du hier brav die Stellung gehalten?« Ich sah mich um, rief kurz nach den beiden und erhielt keine Antwort. Wahrscheinlich waren sie einkaufen. Kurz kümmerte ich mich noch um Casper, ehe ich in meinem Badezimmer verschwand, das direkt an mein Schlafzimmer grenzte und nur mir gehörte. Als wir uns das Haus vor Jahren angeschaut hatten, war mein Teenager-Ich total begeistert von dieser Tatsache gewesen. Damals hatte ich mir ausgemalt, wie ich mit Freundinnen Übernachtungspartys feiern oder späte mit meinem festen Freund hier schlafen konnte, ganz ungestört. Der Traum eines jeden Jugendlichen. Nun war alles anders gekommen. Es hatte sich nur noch um Dinas Krankheit gedreht. Mein eigenes Leben war dabei in den Hintergrund gerückt. Manchmal überkam mich heiße Sehnsucht, auch so etwas zu erleben. Doch es war mir und auch Dina vergönnt gewesen. Ich blickte mich in meinem Badezimmer um, spürte die kalten Fliesen durch meine Socken hindurch und musste noch immer darüber schmunzeln, wie ich es hier eingerichtet hatte. Auf dem schiefergrau gefliesten Boden befanden sich violette, flauschige Teppiche. Alle Handtücher hatten dieselbe Farbe und auf dem Regal stand ein lilaner Blumenstrauß mit Chrysanthemen. Jede Woche musste ich neue Schnittblumen kaufen, aber ich liebte sie einfach. Kunstpflanzen kämen für mich nicht in Frage.

Ich zog mich aus und stellte die Dusche an. Wie immer brauchte das Wasser einige Zeit, um richtig warm zu werden. Als ich im Spiegel über dem Waschbecken meine von Kummer getrübten Augen sah, fragte ich mich wirklich, wie es weitergehen sollte. Dunkle Schatten zierten mein Gesicht.

Abermals schweiften meine Gedanken zu meinen Eltern ab. Wieso hatte Papa uns im Stich gelassen? Waren Darina und ich ihm so gleichgültig gewesen?

Ich konnte schon gewissermaßen nachvollziehen, wieso es Menschen gab, die sich das Leben nahmen, aber Dad?

Darina zeigte mir ihre Gefühle zurzeit überhaupt nicht und ich konnte nur spekulieren, wie es meiner kleinen Schwester erging. Die ganze Zeit kämpfte ich darum, mich nicht von Trauer und Leid überrennen zu lassen. Denn was passierte, wenn ich nicht mehr konnte? Alles würde bergab gehen.

Bald würde Oma nach Hause zurückkehren und dann wäre ich wieder mit Darina auf mich allein gestellt. Ich spürte ein starkes Stechen in der Brust. Mir wurde übel. Tränen stiegen mir in die Augen und nun, wo keiner in der Nähe war, musste ich sie auch nicht mehr unterdrücken. Niemand sah oder hörte mich, niemand merkte, wie verzweifelt ich wirklich war. Ich stützte die Hände am Waschbeckenrand ab und atmete tief durch.

Mein Blickfeld verschwamm. Nackt wie ich war, ließ ich mich zu Boden gleiten und stützte meine Ellenbogen auf die Knie.

»Ruhig bleiben, Kaycee… es nützt niemandem, wenn du zusammenbrichst. Du musst stark sein«, sprach ich mir selbst gut zu. Wenn nicht für mich, dann für Dina. Ständig wiederholte ich dieses Mantra in meinem Kopf und irgendwann, wenn man sich die Dinge nur oft genug einredete, glaubte man sie, oder? Ich schluckte die Übelkeit nach einigen Minuten herunter, raffte mich auf und ging unter die Dusche. Der heiße Strahl der Regendusche tat unglaublich gut und half mir dabei, mich zu entspannen. Das leise, stetige Rauschen hatte zusätzlich eine beruhigende Wirkung auf mich. Ähnlich wie das Meer.

Als ich fertig war, ging ich in mein Schlafzimmer, zog mir eine Yogahose und ein Top an. Gerade wollte ich mich ins Bett legen, da hörte ich unten im Haus die Tür aufgehen.

»Kaycee, bist du da? Wir haben Essen mitgebracht!«, rief Darina und ihre weiche Stimme hallte durch das Haus.

Sehnsüchtig blickte ich zu meinem einladenden Bett, ging dann aber doch die Treppen herunter und schaute meine Oma sowie meine Schwester an.

Darina sah schlecht aus. Mit ihren eingefallenen Wangen und sehr blassem Gesicht wirkte sie fast wie ein Geist. Auch Omas Gesicht war von dem, was wir durchgemacht hatten, gezeichnet. Es ging ihnen also genauso beschissen wie mir. Beide hielten einfach nach außen hin die Fassade aufrecht, dass alles in Ordnung wäre.

Warum tat man das? Wahrscheinlich, weil andere Menschen nicht sehen wollten, dass es einem schlecht ging. Es war zu anstrengend. Zu kompliziert. Sie gaben sich nur mit einem ab, wenn man gute Laune hatte und glücklich war. Sonst zog man sie runter, zog sie mit sich in die Tiefe.

In frühester Kindheit lernte man schon, den Schein zu wahren, egal wie es in einem aussah. Immer sollte man lächeln und freundlich sein. Nur zuhause, in den eigenen vier Wänden und im geschützten Raum, durfte man alles fallen lassen und den Gefühlen freien Lauf lassen. Viele Leute hatten schlechte Phasen in ihrem Leben, aber sollte man sie deshalb ausschließen? Sich von ihnen abwenden, wenn es einem zu viel wurde? Schwer war es, keine Frage. Aber gerade für einen Freund sollte man bereit sein, sich zu überwinden. Den Schmerz zu teilen. Zu helfen. Einfach für die Person da zu sein, auch wenn es erdrückend war.

Bei Oma und Darina begann die schon viel zu lang getragene Maske allerdings zu bröckeln. Seufzend ging ich auf sie zu und nahm sie fest in den Arm. Den Schmerz, den sie ausstrahlten, konnte ich bei unserer Berührung beinahe physisch spüren.

Viele Menschen wussten nicht zu schätzen, wie wundervoll es war, einen Partner zu haben, der immer an deiner Seite stand und bei dem man eine Schulter zum Anlehnen hatte. Eigentlich wusste man nie, die Dinge zu schätzen, die man bereits besaß. Erst, wenn man sie verloren hatte. Langsam wand ich mich aus der Umarmung. Ich atmete durch und sah die beiden lächelnd an. Jetzt ging es mir ein bisschen besser. Manchmal konnte schon eine winzige Geste sehr bedeutungsvoll sein. Die Kleinigkeiten im Leben machten es doch erst lebenswert.

Meine freie Woche war viel zu schnell vergangen. Heute war der Tag, an dem ich diesen kuriosen, neuen Job beginnen würde. Ob ich den richtigen Weg gewählt hatte?

Ob es eine seriöse Arbeit war? Hoffen konnte ich es nur. Ein fader Beigeschmack war dennoch nach wie vor zugegen.

Der Karton auf meinem Bett lag noch ungeöffnet dort. Es handelte sich um ein Paket, was gestern eingetroffen war. Der Absender: das *Heavenly's*. Schon seltsam. Schnell schnappte ich mir eine Schere, zerschnitt das Paketband und öffnete die Schachtel. Darin lagen sauber gefaltete Kleidung, ein Brief und eine violette Chrysantheme. Genauso eine, wie ich sie mir immer für das Bad kaufte. Unheimlich. Ich griff nach dem Umschlag, zog die darin befindliche Karte heraus. »Deine Arbeitskleidung«, stand dort in Handschrift geschrieben. Mehr nicht.

Ohne weiter darüber nachzudenken, zog ich die Sachen an, die mir Mr. Torres gestern geschickt hatte. Ein schwarzer Mini-Rock, ein T-Shirt mit tiefem, aber nicht allzu freizügigen V-Ausschnitt und High Heels. Es hätte mich wahrscheinlich schlechter treffen können. Damit konnte ich mich abfinden. Was mir allerdings nicht aus dem Kopf ging, war diese Blume.

Ich blickte in den großen Spiegel neben meinem Kleiderschrank und prüfte mein Make-up, was ich feinsäuberlich aufgetragen hatte. Die Kleidung schmeichelte meiner Figur, das Haar hatte ich wieder zu einem hohen Zopf gebunden. Es war akzeptabel. Schnell schnappte ich mir noch eine Lederjacke, verabschiedete mich von Oma und Darina und machte mich auf den Weg zu meiner neuen Arbeitsstelle.

Als ich nach fünfundvierzig Minuten beim Club eintraf, wurde ich nervös. Meine Hände zitterten und mir brach der Schweiß aus. Seitdem meine Eltern nicht mehr lebten, stand ich in manchen Momenten kurz davor, zusammenzubrechen. Ich konnte die Verantwortung, die nun auf meinen Schultern lastete, kaum noch aushalten. Alles hing nun von mir ab. Von meinen Anstrengungen. Meinem Job. Wenn ich nicht mehr konnte, würden wir beide untergehen und das wusste Dina genauso gut wie ich selbst.

Die Angst davor, diesen Club zu betreten, war mit Sicherheit gerechtfertigt. Meine Menschenkenntnis, die zwar, wie man bereits gesehen hatte, nicht besonders gut, aber immerhin vorhanden war, schlug bei Mr. Torres Alarmstufe Rot. Kurz atmete ich noch einmal tief durch, ehe ich aus dem BMW ausstieg und die Tür abschloss. Sofort umfing mich eisige Kälte. Ich hätte doch eine Strumpfhose anziehen sollen! Mir war kotzübel. Wieder fing ich an zu schwitzen. Ich musste mich zusammenreißen. Denn wenn ich es nicht schaffte, dann schaffte es keiner. Niemals würde ich mich von einem James Torres unterkriegen lassen! Ich war stark!

Langsam sah ich mich auf dem Parkplatz um, der für die Mitarbeiter bestimmt war. Mein Blick blieb an der schwarzen Mercedes Limousine hängen, die ich schon öfter bei mir in der Straße gesehen hatte. Die Gäste parkten, soweit ich wusste, woanders. Hoffentlich arbeitete keiner meiner Nachbarn hier!

Bevor ich um den Club ging und zur Tür marschierte, vor der ein bulliger Typ stand, straffte ich meine Schultern. Heute würde ich erst meinen Schlüssel für den Hintereingang bekommen. Zum Glück war nur eine kleine Schlange vor mir und als ich endlich an der Reihe war, lächelte ich den Mann freundlich an.

»Hallo, mein Name ist Kaycee Moore und ich habe heute meinen ersten Arbeitstag. Wissen Sie, wo ich mich melden muss?« Erkenntnis blitzte in seinen braunen Augen auf. Ob er von meinem Erscheinen gewusst hatte?

»Ah! Hallo Sweetheart, ich bin Dario. Du kannst direkt zur Bar gehen und die Blondine ansprechen, das ist Stella. Sie wird dir alles zeigen und dich einarbeiten«, sagte er und hob teils belustigt, teils fragend eine Braue, während er mich von oben bis unten begutachtete. Wahrscheinlich ahnte er, genau wie ich selbst, dass ich hier nicht hinpasste. Etwas weniger mutig als zuvor betrat ich das Gebäude.

Eine Dampfwolke aus Dunst, Schweiß, Alkohol und Hitze schwebte mir entgegen, nahm mich in ihren Kokon auf. An der Garderobe im vorderen Bereich arbeitete eine junge Frau.

Unwillkürlich fiel mein Blick auf einen großen Bartresen, der den ganzen Raum dominierte und den Club strukturierte. Dieser bestand aus zwei Etagen, wobei die obere wie ein innenliegender Balkon anmutete, von dem aus man alles, was unten geschah, beobachten konnte. Wahrscheinlich handelte es sich dabei um den VIP-Bereich für die gehobenere Gesellschaft. Der Club wirkte insgesamt sehr nobel.

Jetzt, wo ich das erste Mal im *Heavenly's* war, verstand ich, wieso es so einen Hype um dieses Etablissement gab. Charlie und ihre reichen Freundinnen kamen wohl regelmäßig hierhin, um zu feiern. Mich hatte sie kein einziges Mal mitgenommen, weil sie meinte, dass es nichts für mich wäre. Zu schick. Eine andere Klasse von Menschen, zu der ich nicht gehörte.

Ein riesiger Tresen aus schwarzem Marmor zog sich weitläufig durch die Bar. Überall erstrahlten funkelnde LEDs, die dem Raum ein himmlisches Ambiente verliehen. Der Name war also Programm. Die Nebelmaschine wurde eingestellt. Langsam breitete sich ein dichter, grauer Dampf aus, der alle Menschen einschloss und umhüllte. Einen Moment lang ließ ich dieses Flair auf mich wirken. Berauscht schloss ich meine Augen, drehte mich im Kreis, horchte der Musik und ließ meine Hüften im Takt der Beats kreisen. Ich fühlte mich wie ein Teil von ihnen. Den anderen Menschen, die sich ungehemmt bewegten. Es kam mir so vor, als wäre ich in einer anderen Dimension. Alles fiel von mir ab. Auch meine Angst. Doch dann bemerkte ich plötzlich Blicke, die auf mich gerichtet waren. Sofort wurde ich aus meiner Trance gerissen, sah mich um und suchte alles nach dem Augenpaar ab, welches ich auf mir gespürt hatte. Dort oben! Ich nahm einen dunkel gekleideten Mann wahr, der auf mich herabschaute. Sein Gesicht konnte ich nicht richtig erkennen, denn der schwere Nebel verschlang die Umgebung regelrecht. Dennoch fühlte ich diese Anziehung, die ein heißes Kribbeln in meinen Bauch schickte. Oh Gott.

Ich wurde hart angerempelt und so gleich aus meinen Träumereien geworfen. Fuck, ich sollte mich auf das Wesentliche konzentrieren. Schnell setzte ich meinen Gang zum Tresen fort, aber nicht, ohne noch einmal zu diesem Mann zu sehen. Denjenigen, der nur mit seinem Blick so viel in mir auslöste. Er war weg. An der Stelle, wo er gestanden hatte, drückte sich nun irgendein Paar gegen das Geländer und fiel übereinander her. Mein Herz schmerzte, schien enttäuscht und sehnte sich wieder nach ihm. Dabei kannte ich ihn nicht einmal. Es war wie damals mit dem Mann auf dem Friedhof. Auch er hatte dieses Gefühl in mir hervorgerufen und ich verdammte mich, aber ich wollte mehr davon. Es machte süchtig. Und ich war der Junkie, der sich nach dem nächsten Schuss sehnte. Nach ihm. Nach seinen Blicken. Ich wollte ihn finden. Obwohl es alles andere als rational war.

Seufzend ging ich auf den langen Tresen zu und hielt nach der blonden Frau namens Stella Ausschau. Mehrere Barkeeper bedienten dort die Gäste. Gäste der Extraklasse. Endlich hatte ich Stella entdeckt.

Gerade kümmerte sie sich um eine Horde Männer in teuer aussehenden Anzügen, die sich unterhielten und lachten.

Ich bewegte mich auf sie zu, wartete ab, bis sie ihr Werk beendet hatte. Sie wirkte wirklich sympathisch, nicht wie diese Schickimicki-Weiber. Als sie einige Zeit später mit einem Tablett hinter die Bar ging, und sich ihre kühlblonden Haare richtete, sprach ich sie schmunzelnd an:

»Hey! Ich bin Kaycee und habe heute meinen ersten Arbeitstag. Ich sollte mich bei dir melden?«

Langsam drehte sie sich um, grinste und hob grüßend eine Hand. Ihre eisblauen Augen und die niedlichen Grübchen an ihren Wangen waren sehr markant.

»Hey du! Ich heiße Stella Johnson und ich stehe dir hier mit Rat und Tat zur Seite. Ich arbeite schon seit ein paar Jahren für James und weiß, wie der Hase läuft.« Sie lachte selbst über diese platte Redensart und verdrehte ihre Augen. Bevor ich antworten konnte, plapperte sie schon weiter.

»Hast du dir das gut überlegt? Ich meine, die Bezahlung ist klasse, aber es steckt sehr viel dahinter, worüber man sich bewusst sein sollte.«

Langsam kam mir das Ganze noch komischer vor. Ich hatte den Eindruck, dass mich alle hiervon abhalten wollten. Klar, James war nicht ohne, aber immerhin sollte ich hier doch nur ganz normal an der Bar arbeiten, oder? Irgendwie wurde mir mulmig zumute.

Verwirrt runzelte ich die Stirn.

»Wie meinst du das? Ich dachte, ich bin hier, um Cocktails zu mixen?«

Sie sah mich mindestens ebenso verwundert an und wusste anscheinend nicht, was sie mir antworten sollte. Schulterzuckend strich sie sich eine lange Locke aus dem herzförmigen Gesicht.

»Tja, jetzt bin ich überfragt. Hat der Boss nicht mit dir darüber gesprochen? Eigentlich weiß jeder, der hier anfängt, Bescheid. Man soll ja wissen, worauf man sich einlässt. Vielleicht solltest du noch einmal mit James reden, damit du dir sicher sein kannst?« Kurz presste sie die Lippen aufeinander und dachte nach. »Möchtest du noch einmal zum Boss oder wollen wir gleich anfangen?«

Unmöglich. Ich konnte einfach nicht zu Mr. Torres gehen und ihn drauf ansprechen, denn ich brauchte dieses verdammte Geld dringend. Egal, was hier für eine Scheiße abging, ich musste da jetzt durch. Was sollte an diesem Club schon so schlimm sein? Ich war es Darina einfach schuldig. Sie hatte schon so viel in ihrem Leben durchgemacht und niemand konnte sich vorstellen, wie sie litt. Fast all ihre Freunde hatten ihr nach der Diagnose den Rücken zugekehrt. Zurzeit kam nicht einmal Zoey zu Besuch. Dina vermutete allerdings, dass bei Zoey mehr dahintersteckte. Dass sie Probleme Zuhause hatte. Manchmal verstand ich die Menschen wirklich nicht. Ich merkte, dass meine Gedanken abschweiften, und schüttelte leicht den Kopf, um mich wieder zu konzentrieren. Dann sah ich Stella an.

»Nein, nein. Ich werde das schon schaffen, egal was es ist. Ich brauche dringend das Geld.«

Sie nickte verständnisvoll und tätschelte sachte meinen Arm.

»Ich verstehe dich, mehr als du wahrscheinlich glaubst. Komm, ich zeige dir alles. Lass das, was hier passiert, nicht zu nah an dich heran und denke auch nicht zu viel darüber nach. Wir können es eh nicht ändern und es passiert überall auf der Welt.«

Was meinte sie damit? Was würde mich in diesem Club erwarten? Mein Versuch, etwas in ihrem Gesicht zu lesen, scheiterte an ihrer undurchdringlichen Maske. Ich folgte ihr, wollte keine Schwäche zeigen. Doch abermals drohte mich Übelkeit zu übermannen, weshalb ich sichtbar schluckte. Es fühlte sich an, als würde ich meiner Hinrichtung entgegenlaufen. Noch verstand ich ja auch nicht im Geringsten, was hier vor sich ging. Und diese Aussage von Stella – dass wir alles, was hier passierte, eh nicht ändern konnten – die bereitete mir die größten Sorgen. War ich dem gewachsen? Es gab keinen Weg zurück, ich war freiwillig in die Hölle gegangen, ohne ihr Innerstes zu kennen.

Stella führte mich in den hinteren Bereich des Gebäudes und ging auf eine Tür zu, auf der stand »Nur für Personal. Zutritt verboten«. Wir durchschritten sie und ich fand mich im selben Flur wieder, in dem ich schon letzte Woche auf Mr. Torres gewartet hatte. Als wir einen der mir noch unbekannten Räume ansteuerten, überkam mich wieder die Angst. Was hatte Mr. Torres zu verbergen? Einen Raum voller Leichen? Frauen in Käfigen? Mein Kopf spielte wieder verrückt. Vielleichte drehte ich langsam völlig durch.

Zum Glück handelte es sich nur eine Umkleide mit einem Pausenraum. Was ehrlich gesagt auch naheliegender war. Stella drehte sich zu mir herum und zeigte mir, wo ich meine Sachen hinstellen konnte. Ich dankte ihr und nach einem kleinen Rundgang gingen wir zusammen wieder nach vorne hinter die Bar. Gemeinsam bedienten wir schließlich die Gäste des *Heavenly's*, während mir Stella zwischendurch erklärte, wo ich alle Utensilien fand. Schon bald erwiesen wir uns als prima Team und hatten uns gut eingespielt. Die Erfahrungen aus meinem alten Job zahlten sich aus. Ich arbeitete zügig und zuverlässig. Mittlerweile hatte ich mich wieder beruhigt und genoss einfach die tolle Atmosphäre des Clubs.

Ruhige Momente zum Unterhalten blieben uns nicht, da der Club den ganzen Abend lang vor Gästen überquoll. Mir war allerdings aufgefallen, dass sich im oberen Bereich fast nur dunkel gekleidete, große Männer tummelten. Ob dort eine Herrenrunde stattfand?

Die Zeit verging schnell. Ein Blick auf die Armbanduhr verriet mir, dass es bereits drei Uhr war. Langsam wurde es hier beschaulicher und endlich konnte ich mich mit meinen Fragen an Stella wenden.

»Du, sag mal, was meintest du eigentlich vorhin damit, dass wir eh nicht ändern können, was hier passiert? Bisher habe ich den Eindruck, dass es ein normaler Club ist?«

Stella spitzte die Lippen, zögerte einen Augenblick. »Na ja … Ich finde es sehr komisch, dass der Boss dich nicht vorbereitet hat. Eigentlich stellt er nur Leute ein, die wissen, auf was sie sich einlassen. Hast du denn auch keine Verschwiegenheitserklärung unterschrieben oder Ähnliches?«

Ich weitete die Augen, war sprachlos. Eine Geheimhaltungserklärung, um in einer Bar zu arbeiten?

»Stella, bitte, ich verstehe nichts mehr! Ich bin einfach zu ihm gegangen, weil ich gehört habe, dass es dort gut bezahlte Jobs gibt. Bitte sag mir, was hier läuft.« Flehend und angstvoll sah ich sie an.

Wo war ich hier gelandet?

»Ich … komme nicht mehr ganz mit. Der Boss stellt doch nicht einfach irgendwen ein? Er sucht sich seine Leute selbst aus. Eigentlich. Aber, soviel kann ich sagen: Der Boss ist einer von den Guten. Ich kenne ihn schon seit Jahren und er hat mir immer geholfen. Er ist sowas wie einer meiner besten Freunde. Na ja … auf jeden Fall passieren hier Sachen, die alles andere als legal sind.« Kurz prüfte sie, ob uns auch niemand belauschte. Dann kam sie näher und fuhr flüsternd fort: »Er hat diese ganzen Clubs von seinem Vater geerbt. Gezwungenermaßen. Sein Vater ist vor drei Jahren gestorben, seitdem leitet James alles. Im schlimmsten Fall hätte sonst Jason die Clubs übernommen. Und das wäre ihm alles andere als Recht gewesen. Immerhin sind die beiden sozusagen Erzrivalen. James versucht, die ganzen Sachen, die hier schieflaufen, zu ändern, aber das geht nicht so einfach. Sein Vater war ein Strippenzieher der Untergrundszene, egal, ob es um Drogen, Nutten oder Kämpfe ging. Er hat mit seinen Clubs alles verbunden, alle Kriminellen zusammengebracht. Diese Strukturen aufzulösen ist unheimlich schwer. Wenn nicht sogar unmöglich.« Was für ein Wasserfall. Tief holte sie Luft:

»Jetzt kennst du eine kleine Zusammenfassung. Aber, Süße, was hat dich hierher verschlagen? Du bist gar nicht der Typ für sowas, oder? Und bitte denk daran, diese Details vertraulich zu behandeln.«

Das waren ganz schön viele Infos, die ich erst einmal verarbeiten musste. Zögerlich nickte ich, ehe ich ihre Frage beantwortete:

»Ich habe durch meine ehemals beste Freundin von Mr. Torres gehört. Sie hatte mir oft von ihm erzählt und gesagt, dass man bei ihm gutes Geld verdienen kann. Meine Situation ist schwer, weißt du? Ich … habe vor ein paar Wochen meine Eltern verloren und bin nun mit meiner kranken Schwester allein. Wir haben hier keine Familie. Der Job hier ist also sehr wichtig.«

Ich blickte auf den Boden und schluckte, als mir meine beschissene Situation wieder bewusste wurde. Seit wann öffnete ich mich eigentlich so schnell fremden Menschen gegenüber? Ich kannte Stella doch gar nicht. Nicht, dass sie meine Misere genauso gegen mich verwendete wie Charlie. Mist, was hatte ich da getan? Mist und nochmal Mist. Ich begann zu zittern.

Stella riss mich aus meinen Gedanken, streichelte sanft über meinen Arm.

»Hey, alles gut. Danke für deinen Vertrauensvorschuss. Ich weiß, wie es ist, ein Geheimnis zu haben und es vor allem zu beschützen. Ich habe eine kleine Tochter und brauche auch das Gehalt hier, um sie zu versorgen. Ich weiß, was es heißt, allein zu sein und niemanden zu haben, der einem hilft. Jahrelang ging es mir so.«

Ihre Worte beruhigten mich und ich atmete erleichtert aus. Dann sah ich sie mitfühlend an. Wir waren uns gar nicht so unähnlich.

Nun verstand ich außerdem, wieso James das alles tat und fand ihn noch aufregender als vorher. Er war ein interessanter Mann, aber doch so düster und unerreichbar. Wieso musste ich genau ihn anziehend finden? Vielleicht, weil er mich an den Mann vom Friedhof erinnerte, der diese verbotenen Gefühle in mir wachgerufen hatte. Die, von denen ich gedacht hätte, sie nie empfinden zu können.

KAPITEL 5

James

Seitdem sie das erste Mal hier aufgetaucht war, konnte ich Kaycee nicht aus meinem Kopf bekommen. Sie machte mich zu einem kranken Idioten, der alle seine sorgfältig getroffenen Sicherheitsvorkehrungen über Bord zu werfen drohte.

Ich wurde unvorsichtig, machte Fehler und das Schlimmste: es war mir egal.

Das Einzige, was ich wollte, war sie. Wie ein Schatten folgte ich ihr, beobachtete sie, belauschte sie.

Ich war süchtig nach dem nächsten Aufeinandertreffen.

Auf der oberen Etage hatte ich eben den besten Blick auf ihren tanzenden Körper gehabt, den ich mir hätte wünschen können. Sie, wie sie sich im Takt der Musik bewegte, ihren heißen Arsch umherschwang und diese Wildheit, die sie ausstrahlte.

Kaycee rief all das Schlechte in mir zum Vorschein, doch ich konnte und wollte nicht von ihr ablassen.

Vor wenigen Minuten hatte ich die beiden tuscheln sehen und Wortfetzen aufschnappen können. Ein wenig war ich sauer auf Stella, darüber, dass sie so unverhohlen über mich ausplauderte. Aber der Ausdruck in Kaycees grünen Augen machte es wieder wett. Offenbar brachte mich das Getratsche sogar ein Stück weiter.

Als Charlie mir von ihrer Freundin erzählt hatte und davon, wie sie ihr jeden Mann ausspannte, war ich neugierig geworden.

Damals hatte ich noch nicht eins und eins zusammenzählen, nicht erkennen können, dass es sich bei ihr um die Frau vom Friedhof handelte. Denn hier im Club hatte ich sie noch nie gesehen. Charlie kam oft her, aber nie mit *ihr*. Sie war ein ganz anderes Kaliber als vermutet. Auf dem Friedhof hatte sie wie ein Häufchen Elend gewirkt, doch hier zeigte sie mir mehr Seiten von sich, die mich faszinierten. Bei unserem ersten Treffen hatte ich Schmerz, Verzweiflung und Trauer in ihren Augen gesehen. Jetzt wurde mir jedoch bewusst, dass es dort noch viel mehr zu entdecken gab. Da war diese Abhängigkeit, genau die gleiche die auch ich besaß. Sie erinnerte mich an mich selbst: eine gebrochene Seele. Diese Frau war mein Ebenbild. Verzweifelt und süchtig nach der Dunkelheit. Sie schien die Düsternis allerdings noch unterdrücken und verbergen zu wollen. Ihr Blick, mit dem sie meinen vorhin erwidert hatte, rief meine Dämonen auf den Plan, die sich zähnefletschend auf sie stürzen wollten. So etwas hatte ich noch nie erlebt. Und das, obwohl sie mich nicht mal erkannt haben konnte. Meine innere Verzweiflung wuchs ins Unermessliche.

Ich kannte solche Schlampen wie Charlie. Ich kannte verlorene Menschen wie Stella. Ich kannte kranke Leute wie meinen Vater und Jason. Vieles hatte ich bisher gesehen. Aber noch einmal in die gleiche Seele wie meine eigene zu schauen? Das kannte ich nicht. Und es war das Beste, was ich je erlebt hatte.

Ich hatte ihr keinen Job aus Nächstenliebe gegeben. Mir waren alle Menschen außer meiner Familie egal und doch verfolgte ich eine Absicht: Ich wollte sie und ich würde sie bekommen. Um jeden Preis.

Kaycee

Ich freute mich über den großen Vertrauensbeweis seitens Stella und darüber, dass sie mir erzählt hatte, was bei ihr los war. Allerdings hatte sie meine Gedanken zum Rotieren gebracht. Sie überschlugen sich förmlich. Wer war hier gut, wer böse? Was Stella anging, war ich mir sicher. Ich lächelte.

»Danke, dass du mich aufgeklärt hast. Allerdings verstehe ich gar nichts mehr, aber egal. Mir bleibt nichts anderes übrig, als diesen Job zu machen. Ich sollte nicht so viel hinterfragen oder dich damit belasten, es tut mir leid.« Wahrscheinlich hätte sie mir das alles gar nicht erzählen dürfen und ich wollte sie auf keinen Fall in Gefahr bringen, geschweige denn, dass sie ihren Job verlor.

Nun erntete ich entsetzte Blicke von Stella.

»Dir muss nichts leidtun, meine Süße.« Leiser ergänzte sie: »Du bist ganz anders, als Charlie erzählt hat.«

Na toll. Ihre Gerüchte hatten sich wie ein Lauffeuer verbreitet. »Was hat sie denn gesagt?«

Stella winkte ab. »Ach, mach dir keine Gedanken. Charlie ist einfach ein Biest, das versucht, jeden schlecht dastehen zu lassen. Auch bei mir hat sie es versucht, gerade, als sie die Sache mit meiner kleinen Tochter erfahren hat. Und ganz ehrlich, sie weiß nicht im Geringsten, was ich all die Jahre ertragen musste. Sowas geht einfach gar nicht. Und dann noch die ganzen Sachen, die sie über dich erzählt hat. Ich kann es einfach nicht glauben, dass man dir sowas antut. Du bist so nett und liebenswert.«

»Hat sie behauptet, dass ich eine Schlampe bin, die ihr alle Freunde ausspannt? Das hat sich schon in meiner ganzen Stadt herumgesprochen und die meisten glauben es auch noch … Ich dachte schon, wegen dieser Scheiße finde ich keinen Job mehr!«

»Ja, so etwas in der Art. Und, dass du egoistisch seist und nur dein eigenes Wohl im Kopf hättest. Aber nach den paar Stunden, die ich dich jetzt kenne, kann ich schon sagen, dass du genau das Gegenteil von all dem bist. Sonst würdest du die Scheiße hier nicht für deine Schwester durchziehen. Und, dass du jeden ihrer ekligen Typen willst, kann ich mir echt nicht vorstellen.« Angewidert zog sie die Brauen hoch und lachte.

»Oh, ich verspreche dir hoch und heilig, dass ich das noch nie gemacht habe, keine Sorge. Ich hatte ehrlich gesagt überhaupt noch nie einen Freund. Keinen blassen Schimmer, wieso sie das erfunden hat.« Grübelnd legte ich mir die Hand ans Kinn. »Mich hatte halt mal einer ihrer Typen angesprochen. Aber ich bin gar nicht darauf eingegangen.« Ich zuckte die Schultern. Eigentlich kannte ich fast keinen von Charlies Freunden oder gar ihre Familie.

Schon traurig, dass sie diese Gerüchte über mich in die Welt setzte. Schließlich waren wir ja lange befreundet gewesen. Und doch wusste ich so wenig von ihr. Darina hatte Recht behalten. Wie konnte ich nur so blind sein und nicht sehen, wie Charlie war.

Stella sah mich einfach nur mitleidig an und meinte dann:

»Komm, Süße, lass uns Feierabend machen. Genug belastende Sachen für einen Tag. Sei froh, dass James nicht so ist und du nun hier bist … auch, wenn ich mir noch nicht ganz sicher bin, ob das zu dir passt.«

Zu Stella passte es auch nicht, dachte ich im Stillen und folgte ihr.

James

Das war ja mal ein aufschlussreiches Gespräch gewesen. Jetzt hatte ich einiges über Kaycee erfahren. Und mit jedem Wort, das ihre geschwungenen Lippen verließ, reizte sie mich mehr.

Leise kam ich aus meinem Versteck hervor, damit sie mich nicht bemerkten. Mein Verdacht hatte sich also bestätigt.

Sie war auf jeden Fall die interessanteste Frau, die ich seit langem getroffen hatte – und sie machte mich tierisch an. Mit einundzwanzig Jahren noch keinen Freund gehabt zu haben, klang schon nach einer Leistung. Wahrscheinlich war sie noch Jungfrau, so rot wie ihre Wangen geworden waren, als Stella berichtete, was Charlie erzählt hatte. Ich ließ mir diesen Gedanken auf der Zunge zergehen.

Kaycee hatte noch nie mit einem Mann geschlafen.

Noch nie einen echten Schwanz in sich gespürt.

Ich würde ihr erster sein.

Meine inneren Dämonen verzehrten sich regelrecht nach ihr und ihrem unbefleckten Leib. Sie war zwar taff und ziemlich schlagfertig, aber das hatte nichts mit ihren Erfahrungen zu tun. Kaycee war wie ein unbeschriebenes Blatt. Aber wie konnten Männer nicht auf sie abfahren? Hatten die keine Augen im Kopf?

Ich musste sie kennenlernen, da war ich mir jetzt sicherer denn je. Das mit ihrer Schwester tat mir leid. Aber ich würde ihr Gehalt dementsprechend anpassen und ihr helfen, ohne dass sie etwas davon mitbekam. Seit dem ersten Augenblick war mir klar, dass sie die Richtige war. Ihre Seele glich meiner.

Da gab es nur ein Problem.

Ich wusste, dass ich keine Frau an meiner Seite haben konnte. So etwas war von Anfang an zum Scheitern verurteilt. Dank der Hinterlassenschaften meines Vaters hatte ich einfach nicht die Voraussetzungen für eine Beziehung. Ich hasste ihn dafür. Jetzt hatte ich seinen ganzen Scheiß an den Hacken und versuchte, den Mist, den er verzapft hatte, wieder geradezubiegen. Doch das war eben nicht so leicht.

Kaycee hatte trotzdem meinen Jagdtrieb geweckt. Ich musste vorsichtig sein, durfte meine Gefühle nicht offen zeigen. Kämen sie ans Licht, würde eine Lawine losgetreten werden, die mich und alles, was mir lieb war, überrollte und unter sich begrub. Vielleicht hatte ich schon jetzt den Bogen überspannt. Spitzel lauerten überall. Warum war ich nur so unvorsichtig gewesen? Fuck. Mein Atem beschleunigte sich. Beißende Wut stieg in mir auf und ich schlug hart geben die Wand, neben der ich mich befand. Der weiße Putz bröckelte und rieselte in kleinen Flocken auf den dunklen Boden. Meine Fingerknöchel schmerzten, aber das war nur das Warm-up. Der bevorstehende Kampf würde mich ablenken. Meinen Kopf freimachen.

Nach meinem kleinen Wutanfall, den glücklicherweise keiner beobachtet hatte, machte ich mich auf den Weg. Ich hatte einen Titel zu verteidigen.

Diesen musste ich so lange aufrechterhalten, bis ich der Szene endlich den Rücken kehren konnte.

Einmal hatte ich den Fehler gemacht, eine Beziehung einzugehen. Es war nicht gut ausgegangen. Das, was ich ihr mit meiner Liebe angetan hatte, konnte ich nie wieder gut machen. Lilly war ein Wrack und befand sich immer noch in regelmäßiger Behandlung, obwohl das alles schon fünf Jahre zurücklag. Sie war zu weich für *das* hier gewesen. Ich durfte das keiner Person noch einmal antun.

Also musste ich vorsichtig sein, testen, wie viel Kaycee vertragen konnte.

KAPITEL 6

Kaycee

Einige ereignislose Wochen waren vergangen, seitdem ich bei James Torres im Club angefangen hatte. Es machte Spaß. Zwar hatte ich schon des Öfteren komische Gestalten im Club entdeckt, aber ich versuchte, sie auszublenden. Man musste eben Prioritäten setzen. Ich machte diesen Job nur, um mit Dina über die Runden zu kommen. Das redete ich mir jedenfalls ein. Insgeheim freute ich mich auf jede Arbeitsschicht, weil ich hoffte, auf ihn zu treffen. Immer, wenn ich ihn sah, machte mein Herz einen Sprung und klopfte wie wild. Manchmal hatte ich sogar Angst, dass es die umstehenden Leute hören konnten. Dachte ich an ihn, schrie alles vor Freude in mir.

Allerdings befand ich mich in einem Zwiespalt. Jede Nacht träumte ich von diesem anderen Mann, bekam ihn einfach nicht aus dem Kopf. Ich fragte mich schon die ganze Zeit, ob sie ein und dieselbe Person waren. Von der Statur und Größe her passte es. Damals hatte ich sein Gesicht nicht erkennen können, weder in der vernebelten Bar noch auf dem trüben und verhangenen Friedhof. Aber konnte sich mein Herz so täuschen? Wenn James und der Typ vom Friedhof, beziehungsweise aus dem Club, derselbe war, hatte ich ein riesengroßes Problem. Da war diese intensive Verbundenheit. Und jeden Tag, der verging, sehnte ich mich mehr danach, sie wieder zu fühlen. Immer schweiften meine Gedanken zu ihm.

Schluss damit! Ich musste mich auf das Wesentliche konzentrieren.

Meine Oma war immer noch bei uns und es tat gut zu wissen, dass Dina jetzt in dieser schweren Zeit nicht allein sein musste. Das gab mir einfach ein besseres Gefühl und ein weniger schlechtes Gewissen. Ich hatte keine Ahnung, wann sie wieder nach Deutschland fliegen musste. Sie hatte eben nun einmal ihr eigenes Leben dort. Doch dank ihr und Casper nahm unseres langsam wieder Normalität an. Gott sei Dank.

Nachts hatte ich noch immer Probleme beim Einschlafen, weil ich nicht realisieren wollte, was passiert war. Ich hätte nie gedacht, dass ein Mensch so viel Tränen produzieren konnte.

Es half nichts. Ich musste mein Leben weiterleben und konnte nicht immer den Kopf in den Sand stecken. Anderen Menschen auf dieser Welt ging es viel schlechter als mir. Meine Dämonen durften mich nicht zu Fall bringen.

Langsam hatte ich mich richtig gut mit Stella angefreundet und ich war immer froh, wenn wir zusammen an der Bar arbeiten konnten. Mit ihr zu reden und zu lachen war ein Lichtblick in dieser sonst so düsteren Welt. Das war bei Charlie nie so gewesen. Stella und ich planten, uns auch bald privat zu treffen, da sie gerne Dina und ich ihre Tochter Mina kennenlernen wollte.

Außerdem erzählte sie mir oft von James. Er wurde mir immer sympathischer, auch wenn er sich mir gegenüber meistens distanziert verhielt.

Alles, was er für Stella getan hatte, ließ mich glauben, dass er einen guten Kern besaß. Er hatte sie in der schlimmsten Zeit ihres Lebens aufgefangen und gerettet, was sie zusammenschweißte. Zu hören, dass es ihr wieder besser ging als früher, freute mich sehr. Diese weiche Seite hatte ich noch nie an ihm gesehen, und doch musste sie irgendwo versteckt sein. Ich wollte sie ergründen.

Ob ich wie eine Motte war, die am Licht der Laterne, die sie magisch anzog, verbrennen würde? Er war anders als die Männer, die ich bisher kennengelernt hatte. Die Anziehungskraft, die von ihm ausging, beunruhigte mich. Bei einer Sache war ich mir von Tag zu Tag sicherer geworden: James verbarg etwas und ich wollte herausfinden, was. Ständig spürte ich seine Blicke auf mir, aber sobald ich ihn ansah, wandte er sich jedes Mal ab. Als hätte er Angst, mir zu lange in die Augen zu sehen. Nur, wenn er zu abgelenkt war, konnte ich sehen, wie er mich betrachtete. Wir liefen uns oft über den Weg und jedes Mal fühlte ich einen aufgeregten Schmetterlingsschwarm in mir.

Meine Ohren färbten sich rot. Ich hatte zu lange an ihn gedacht. Tief atmete ich durch und versuchte, die langsam aufkeimende Hitze in meinem Unterleib zu verdrängen. So ging es schon die ganze Zeit. Ich räusperte mich und sah auf mein Handy, das auf dem Bett neben mir lag. Ich musste los.

Im Bad legte ich mir Make-up auf, nicht zu viel, nicht zu wenig. Ich wollte hübsch sein … für ihn. Meine Haare glättete ich, bis sie mir seidig glänzend über die Schultern fielen. So mochte ich sie am liebsten.

Zu guter Letzt schlüpfte ich in meine Arbeitssachen, betrachtete mich nochmals im bodentiefen Spiegel und nickte mir zufrieden zu. Ich war noch immer dieselbe Kaycee, und doch hatte sich etwas an mir verändert.

Schnell verabschiedete ich mich von Oma und Dina, die zusammen auf der Couch saßen, Popcorn aßen und sich einen Film ansahen. Eine Liebesschnulze. Igitt, ich musste schnell weg. Solche Filme waren überhaupt nicht mein Fall. Ich brauchte Spannung, Kriminalität und böse Kerle, nur dann war es gut. Oma und Dina winkten mir zu, waren allerdings so auf den Bildschirm fokussiert, dass sie nicht mal aufsahen. Verdammte Romantiker.

Im *Heavenly's* war alles normal und wie immer. Meine Schicht begann in zehn Minuten, also beeilte ich mich, meine Sachen in den Aufenthaltsraum zu bringen und an die Bar zu Stella zu kommen.

Plötzlich sah ich James auf dem Flur stehen, der sich mit zwei fremden Männern unterhielt. Höflich grüßte ich und bildete mir ein, einen nahezu hungrigen, sehnsüchtigen Blick zu bemerken. Meine Fantasie ging eindeutig mal wieder mit mir durch. Als ich weiterging, kribbelte es in meinem Rücken. Ob seine Augen noch immer auf mich gerichtet waren? Weshalb ließ mich dieser Gedanke wohlig erschauern?

Eigentlich war ich mir sicher, dass es sich bei James Torres und dem fremden Mann um dieselbe Person handelte. Es musste einfach so sein. Dieses Gefühl war unglaublich. Gott, warum musste ich mein Herz ausgerechnet an so einen gefährlichen Mann verlieren? Genau das war James. Undurchschaubar. Kalt. Düster. Der Typ Mann, vor dem man Angst haben sollte. Nur empfand ich nicht so. Ich fühlte mich von ihm angezogen. Sehnte mich nach seiner Nähe. Wollte seine Blicke auf mir spüren. Bevor ich um die Ecke ging, drehte ich mich im Laufen noch einmal um und sah ihn an. Diesen wunderschönen Typen, der mir seit dem ersten Augenblick den Atem raubte.

Tatsächlich hatte ich ihn beim Starren ertappt, doch plötzlich wandte er sich ab. Stattdessen sah mich einer dieser beiden fremden Männer mit einem dreckigen Grinsen an. Der, dessen linke Gesichtshälfte von einem Tattoo bedeckt war. Wirklich erkennen, um was für ein Motiv es sich handelte, konnte ich nicht. Irgendetwas Verschlungenes, Dunkles. Er wirkte überlegen, als wenn er genau wusste, was hier ablief. Fast schien die Schwärze seiner Pupillen seine Iris einzunehmen, nicht jedoch auf eine attraktive Art und Weise. Sondern gefühllos und vollkommen kalt. Er machte mir Angst. Und dann blitzte unter seiner Lederjacke der Lauf einer Waffe hervor.

Alles in mir schrie.

Wo war ich hier gelandet? Mein Blick flog wieder zu James, der sich unbeeindruckt mit dem anderen Mann unterhielt. Schnell sah ich wieder zu demjenigen mit den kalten Augen. Immer noch waren diese auf mich gerichtet. Irgendetwas stimmte hier nicht. Hastig bog ich um die Ecke, ging in den Club-Bereich.

Erst jetzt bemerkte ich, dass ich die ganze Zeit über den Atem angehalten hatte.

Der Abend verlief ohne weitere Vorkommnisse. Endlich hatten wir Feierabend. Heute war ich wirklich fertig von der Schicht. Ich zog mich um, schlüpfte in meine dunkle Jeans und in einen schwarzen, kuschligen Hoodie. Ja, schon wieder Schwarz. Nicht gerade aufregend, aber in Anbetracht des Todes meiner Eltern nur natürlich. Das einzig Andersfarbige waren meine weißen Sneaker, die ich so liebte. Die Arbeitssachen stopfte ich in meine viel zu große Handtasche. Gleich würden sie direkt in der Wäsche landen.

Nachdem ich mich von Stella verabschiedet hatte, ging ich aus dem Club direkt auf den Parkplatz zu. Sofort umfing mich lähmende Schwärze, da die Straßenlampe, die den Parkplatz normalerweise erhellte, nicht mehr leuchtete. Beim Vorbeigehen blickte ich an ihr hoch. Das Glas war gesprungen. Unter meinen Sohlen knirschte es verräterisch. Wahrscheinlich steckten nun die Splitter der Glühbirne in meinen Sohlen. Super. Wie zum Teufel konnte eine Laterne zerspringen? Das ging doch sicher nicht einfach so?! In der Luft lag ein komischer Geruch, der mich an Silvester erinnerte. Ein unbehagliches Gefühl in meinem Bauch sagte mir, dass hier etwas nicht stimmte. Meine Schritte wurden schneller, meine Angst größer. Ich fühlte mich beobachtet, verfolgt. Mehrmals sah ich mich hektisch um, konnte jedoch im Dunkel der Nacht nichts erkennen. Der Lack meines Autos glänzte im Mondschein. Wie eine Rettungsinsel. Ich war fast an meinem Auto und hatte schon die Schlüssel in der Hand, als ich ein Geräusch hinter mir wahrnahm. Ein kleines Knacken, gepaart mit einem komischen Keuchen. Eilig drückte ich den Knopf der Zentralverriegelung, die Scheinwerfer blinkten mir hell entgegen. Diesen Moment nutzte ich, um erneut die Gegend zu scannen. Niemand war hier, keine Menschenseele. Meine Angst spielte mir sicher wieder einen Streich. Ich öffnete die Fahrertür meines BMWs und wollte einfach nur in Sicherheit kommen.

Aber ich hatte zu lange nachgedacht.

Jemand packte mich von hinten und drückte mich nieder. So schnell wie alles geschah, konnte ich kaum reagieren. Meine Tasche fiel dumpf auf den Boden und der Schlüssel klapperte, als er auf den Asphalt traf.

Durch die Innenbeleuchtung des Autos sah ich dicke Pranken, die mich festhielten.

Ich hatte Angst. Pure, beißende Angst.

Der Angreifer zog meine Arme auf den Rücken und verdrehte sie so stark, dass mir schwarz vor Augen wurde. Ein leises, schmerzvolles Stöhnen entwich meinen Lippen. Er versuchte, mich an beiden Armen zu dem Gebüsch auf der anderen Seite des Parkplatzes zu zerren, aber dann kam endlich Leben in meine Glieder und ich fing an, mich zu wehren. Ich trat um mich und begann, lautstark zu schreien. Der Parkplatz lag allerdings im hinteren Bereich des Gebäudes und war somit abgeschirmt. Ich schrie wie am Spieß, als meine Haare brutal nach hinten gerissen wurden. Nun fühlte ich kaltes Metall an meiner Schläfe, riss meine Augen auf.

»Wenn du nicht gleich die Fresse hältst, blase ich dir Metall in deinen schönen Schädel!«, zischte er leise und bedrohlich.

Sofort verstummte ich. Irgendetwas wurde mir in den Mund gestopft. Es schmeckte widerlich und mir wurde übel. Immer noch versuchte ich, mich zu wehren.

Keine Chance.

Dieser Typ war so viel stärker als ich und ich im Gegensatz dazu machtlos. Mir traten Tränen in die Augen, als ich mir meiner Hilflosigkeit bewusst wurde. Das hier würde mein Ende sein. Fast waren wir am Rand des Parkplatzes angekommen. Plötzlich ging die Seitentür des Clubs auf und James trat mit einer Zigarette im Mund heraus. Ein Funken Hoffnung wuchs in mir. Wieder trat und schrie ich, wobei nur dumpfe Geräusche aus meiner Kehle drangen. Mein Angreifer schlug mir hart mit der Waffe an den Kopf und vor meinen Augen tanzten Sterne. Etwas Heißes lief meine Wange hinab. Das Gebüsch befand sich nun direkt vor uns. Es war vorbei.

In diesem Moment drehte sich James um. Kurz hatten wir Blickkontakt. Er schmiss seine Zigarette weg, stieß sich vom Boden ab und setzte zum Sprint an. Jetzt hatte mein Angreifer wohl die auf uns zufliegenden Schritte vernommen, denn er zog mich noch ruckartiger ins Gestrüpp. Dort angekommen spürte ich seine Hände an meinem Hals. Immer fester zogen sich seine Pranken zu. Immer mehr schnürte er mir die Luft ab. Scheiße! Ich sah, wie James fast bei uns war, da wurde mir schwarz vor den Augen. Ein Schuss dröhnte durch die Dunkelheit. Etwas Schweres knallte auf mich. Erdrückte mich. Ich spürte warme, klebrige Flüssigkeit auf meinem Gesicht. Dann war dort nur noch gähnende Leere.

Es war zu viel gewesen.

KAPITEL 7

Kaycee

Als ich aufwachte, hatte ich einen völligen Blackout. Mir war komisch, mein Hals tat extrem weh und meine Stirn pochte. Langsam versuchte ich, meine verklebten Augen zu öffnen, aber irgendwie wollte mein Körper nicht so wie ich. Aus dem Nebenzimmer hörte ich leise Stimmen, die ich nicht identifizieren konnte. Nur Gesprächsfetzen drangen an mein Ohr.

»Was wollte der Typ von ihr? Wie zum Teufel konnte das passieren?«

»Ich denke, irgendjemand hat mitbekommen, dass ich mich für sie interessiere.«

»Du hast mehr Feinde als Freunde! Manchmal habe ich wirklich Angst, mit dir abzuhängen, James! Die Arme … Sie ist so eine liebe Frau und musste *deine Scheiße* gleich abbekommen. Was sollen wir jetzt machen?«

»Ich werde mich darum kümmern. Fuck. Sorry, Stella. Ich war unvorsichtig. Ich hätte mich von ihr fernhalten sollen. Diese dreckigen Typen sind scheinbar überall.«

Mein Chef und Stella? Sie waren es, die dort miteinander sprachen.

Was zur Hölle war hier bloß los?

Ich verstand gar nichts mehr.

In meinem Hirn herrschte Stille, abgesehen natürlich von diesem hartnäckigen Brummen, das sich schnell in dröhnende Kopfschmerzen verwandelte.

Ich hatte keine Erinnerungen mehr an das, was geschehen war, und wusste nur noch, dass ich nach dem Feierabend das Auto auf dem Parkplatz angesteuert hatte. Ab da war alles schwarz. Wieder hallten die Stimmen von James und Stella durch die verschlossene Tür. Wo verdammt war ich?

»James, ich verstehe nicht, wie das so schnell gehen konnte … Verdammt, sie hätte sterben können! Was wäre gewesen, wenn du nicht zum Rauchen nach draußen gegangen wärst? Meine Güte, es fühlt sich an wie mit Lilly. Nein, noch schlimmer! Bitte, sei doch einfach vorsichtiger! Alle gefährdest du mit deinem Mist! Ich habe Angst, dass sie auch irgendwann mal Mina bedrohen. Dass es noch nicht so war, ist reines Glück. Aber ganz ehrlich, lass am besten einfach die Finger von Kaycee. Sie hat eine kranke Schwester und ich denke wohl kaum, dass sie so einen Mann wie dich will. Es tut mir so leid, dir das sagen zu müssen. Ich habe dich wirklich lieb, aber du bist nicht der Richtige für sie. Egal was du denkst, für sie zu empfinden, es hat keine Zukunft. Sie hat einen Mann verdient, der sich gut um sie und ihre Schwester kümmert. Einen, der keine krummen Geschäfte macht, auch wenn du nichts dafür kannst.«

So aufgebracht hatte ich Stella noch nie erlebt. Was war in sie gefahren? Und noch viel wichtiger – was wollte James von mir? Es konnte nicht so sein, wie es sich anhörte.

Eine Tür schepperte, schien fast aus den Angeln zu fliegen.

Jemand kam auf mein Bett zu, setzte sich auf die Kante und nahm meine Hand.

»Hey … Es tut mir so leid, was passiert ist. Aber du musst wach werden! Damit ich mit dir reden kann. Mach die Augen auf, Kaycee.«

Es war Stella.

Ich strengte mich wirklich an, meine Augen zu öffnen, doch es war nicht so leicht wie gedacht. Schmerzverzerrt verzog ich mein Gesicht.

»Ich weiß, es tut weh, aber bitte rede mit mir.«

Meine Wimpern klebten zusammen, wie mit Sekundenkleber. Endlich schaffte ich es, sie auseinanderzubekommen. Orientierungslos sah ich mich um und wusste immer noch nicht, wo ich mich befand. Der Raum war abgedunkelt und ich lag auf einem großen Bett in seiner Mitte. Zwei Türen gingen von dem Zimmer ab. Langsam drehte ich meinem Kopf, dann sah ich Stella an. Ihr Gesichtsausdruck wirkte verzweifelt, sie hatte geweint. In ihren Augen spiegelten sich große Trauer, Mitleid und Verständnis wider.

»Endlich bist du wieder da! Du kannst dir nicht vorstellen, welche Sorgen ich mir gemacht habe. An was kannst du dich erinnern? Und wie geht´s dir?« Fragen über Fragen, doch ich wusste keine Antwort.

»Ganz gut … denke ich. Ich kann mich kaum an etwas erinnern. Nur, dass ich zu meinem Auto wollte. Was ist passiert?«

»Da war ein Typ, der dich ins Gebüsch ziehen und – weiß der Geier was – mit dir anstellen wollte. Er hat dich gewürgt. Am Kopf hast du auch etwas abbekommen. James konnte zwar Schlimmeres verhindern, aber dein ganzer Hals ist ziemlich rot. Deine Stirn musste genäht werden. Ich war so frei, mir dein Handy zu nehmen und deiner Schwester zu schreiben, damit sie sich keine Sorgen macht.«

Erleichterung machte sich in mir breit.

»Danke, Stella«.

»Sie hat dir schon fünf Nachrichten geschrieben und gefragt, wo du bleibst.«

»Das ist typisch Darina. Ich hoffe, du hast ihr nichts im Detail erzählt, sonst wird sie an die Decke gehen und ich möchte sie nicht unnötig belasten.«

Stella sah mich mitfühlend an.

»Nein, ich habe ihr nur geschrieben, dass es dir nicht gut geht und dass wir uns um dich kümmern. Deinen Hals wirst du allerdings nicht verbergen können. Geht es dir wirklich gut?«

Mit meinen Fingern tastete ich meine Stirn ab und fühlte ein dickes Pflaster.

»Wer hat sich darum gekümmert?« Ich deutete auf die Wunde.

»James hat seinen Arzt herbestellt.«

Ich wandte mich von Stella ab und hatte große Schwierigkeiten damit, meine Gedanken zu sortieren. Warum hatte der Typ mich angegriffen? Was hatte ich getan?! Wo war ich hier verdammt nochmal reingeraten? War meine Schwester jetzt auch in Gefahr? Mein Kopf war wie in Watte gehüllt.

Schlagartig ergriff eine unendliche Müdigkeit von mir Besitz. Ich driftete ab, konnte mich nicht dagegen wehren und schloss die Augen. Während ich allmählich wegdämmerte, spürte ich die ganze Zeit über Stellas Hand, die die meine hielt.

Dann umfing mich die Dunkelheit.

James

Wie ein störrischer Junge, der seinen Willen nicht bekam, war ich gegangen und hatte die Tür geknallt. Ich fühlte mich … hilflos. Seit vielen Jahren interessierte ich mich endlich wieder richtig für eine Frau. Anscheinend hatten diese verlogenen Typen Lunte gerochen, ihre Chance gewittert und vor, meine Schwäche auszunutzen. Vielleicht war es heute im Flur passiert, aber würde Jason soweit gehen? Scheiße, ja! Aus purem Neid.

Bis vor Kurzem hatte ich mir nicht richtig eingestehen wollen, wie bedeutsam Kaycee wirklich für mich war.

Eigentlich musste ich sie beschützen – und hatte dabei auf ganzer Linie versagt. Was Kaycee vorhin *meinetwegen* erlitten hatte, war unverzeihlich. Wäre ich nicht zufällig zum Rauchen draußen gewesen, hätte ich nie mitbekommen, was dort geschehen war. Der Typ hätte sonst was mit ihr gemacht. Sie vermutlich vergewaltigt und getötet. Sie wäre elendig allein gestorben. Mit welchen Feinden hatte ich es dieses Mal zu tun? Steckte schon wieder die rechte Hand meines toten Vaters dahinter?

Mein alter Herr war der Typ Mensch gewesen, der den Bösewichten in Hollywood-Spielfilmen Konkurrenz machte. Gerissen, egoistisch, abgebrüht. Geld- und machtgeil. Mit Erfolg. Meine Mutter hatte er kaputt gemacht. Sie war mittlerweile ein psychisches, labiles Wrack, das nicht mehr wusste, wie es den Alltag meistern sollte. Ständig pumpte sie sich mit Tabletten voll und hatte schon einmal versucht, sich das Leben zu nehmen. Glücklicherweise war dieser Versuch gescheitert. Als mein Vater vor drei Jahren endlich ins Gras gebissen hatte, musste ich seine scheiß Geschäfte übernehmen. So war es sein

Wille gewesen. Und sein Wille war Gesetz. Allerdings hatte er wahrscheinlich nicht geahnt, dass ich das Ruder herumreißen und sein Lebenswerk in eine andere Richtung lenken würde.

Nach außen gab ich mich wie mein Vater. Aber das war nur eine Maske und reine Show. Ich hatte keinen Bock auf so einen Mist. Daher versuchte ich langsam, alles und jeden, der in dieser Sache drinsteckte, auffliegen zu lassen. Ich konnte sie nicht alle töten. Obwohl sie wahrscheinlich genau das verdient hätten. Drogen- und Waffenhandel. Zwangsprostitution und Kämpfe. Das waren Dinge, die die Menschheit nicht brauchte, und ohne die die Welt um einiges besser wäre.

Wenn die Leute kämpfen wollten, dann sollten sie es doch auf einem normalen Weg machen und nicht jedes Mal ihr fucking Leben aufs Spiel setzen.

Ich wusste, wovon ich redete.

Die Menschen zerstörten sich selbst und merkten es nicht einmal. Es fuckte mich unheimlich ab, dass meine Kaycee verletzt war.

Mich hatte blinde Wut überkommen. Der Kerl, der ihr wehgetan hatte, lebte nicht mehr. Doch er war nur ein einfacher Soldat gewesen. Ein Laufbursche, der seine Arbeit machte. Sofort hatte ich zwei meiner Männer angerufen, um seine Leiche verschwinden zu lassen. Die Haie freuen sich sicher über ihr Abendbrot.

Was ich bereute, war, ihn so schnell getötet zu haben. Er hätte leiden sollen. Elendig an seinem eigenen Blut ersticken sollen.

Kaycee war verletzt, hatte Wunden davon getragen. Wahrscheinlich innerlich wie äußerlich.

Das wollte ich nicht.

Ich brauchte sie.

Sie durfte sich nicht von mir abwenden oder gar kündigen! Sie sollte hier weiter arbeiten und ich würde sie langsam süchtig nach mir machen. So, dass sie nicht mehr wegkonnte.

Ich setzte mich an meinen Schreibtisch, legte die Beine darauf ab.

Wie sollte ich es schaffen, sie zum Bleiben zu überreden? Vielleicht würde das aber auch gar nicht nötig sein. Vielleicht würde sie an ihre Schwester denken, an das Geld, an die Zeit. Fuck, wenn sie freiwillig blieb, musste ich wirklich alles geben, um sie zu bekommen. Dann wäre sie besser, als ich es mir je erträumt hätte. Dann wäre sie perfekt.

KAPITEL 8

Kaycee

Als ich wieder aufwachte, fühlte ich mich etwas besser. Im Zimmer war es stockdunkel, was mir ein bisschen Angst machte. Ich setzte mich vorsichtig auf und fasste an meinen Hals. Er fühlte sich geschwollen an. Wahrscheinlich war die Haut dort mittlerweile lila verfärbt. Langsam richtete ich mich auf und tastete neben dem Bett nach einer Lampe und fand schließlich einen Schalter. Als ich ihn betätigte, zog ich vor Schock scharf die Luft ein.

Er war hier.

Das Licht, das nun von der Nachttischlampe ausging, tauchte den Raum in ein schummeriges Gelb. Es sorgte auch dafür, dass James Gesichtszüge weich und warm wirkten.

Schlafend saß er in dem kleinen Sessel am Ende des Zimmers und ich wusste nicht, was ich davon halten sollte.

Was tat er dort?

Ich hätte es sicherlich allein geschafft, hier zu schlafen. Es war zwar nett, aber er war immer noch ein Mann, und mit Männern hatte ich eben keinerlei Erfahrung.

Das Erlebnis gestern hatte das auch nicht gerade besser gemacht. Zögerlich beobachtete ich James, der leise und regelmäßig atmete. Endlich konnte ich ihn einmal ungestört mustern. Er sah wirklich gut aus. Zu gut.

Mir tat die Frau, mit der er einmal sein Leben verbringen würde, fast ein wenig leid.

Immerhin wirkte er auf das weibliche Geschlecht, und höchstwahrscheinlich nicht nur das, wie ein Magnet.

Mir wurde warm, als ich James immer weiter betrachtete. Seine scharfen Gesichtszüge, die nun ganz entspannt waren. Seine harte Brust, die sich unter dem engen schwarzen Shirt hob und senkte. Seine Haare, die ein wenig zu lang waren und auf die Stirn fielen. Seine tätowierten Hände, die sich um die Lehnen des Sessels schlossen.

Ich konnte nicht anders, musste mir einfach vorstellen, wie es war, mit ihm zu schlafen. Das bloße Bild vor meinem inneren Auge machte mich ungemein an.

Ich stellte mir vor, dass James mein erster Mann war, und, wie er mich in Besitz nahm. Wie er mich mit harten Stößen tief fickte. Wie er mich schreien ließ und mir unendliche Lust verschaffte. Wie sich seine Finger dominant in mein Fleisch krallten.

Denn genau daran dachte ich, seit ich ihn das erste Mal in seinem Büro gesehen hatte. Mein Atem ging immer schneller. Mir wurde heiß und all die angestaute Hitze sammelte sich in meinem Unterleib. Meine Pussy pulsierte verlangend und wollte mehr.

Wie von unsichtbaren Marionettenfäden geleitet umfasste ich meine Oberweite und bemerkte, dass ich nur den schwarzen Spitzen-BH trug, der mehr zeigte, als verdeckte. Meine Brüste waren schwer, meine Nippel hart aufgerichtet. Nie zuvor hatte ich so etwas erlebt. Ich schaute zu ihm. Noch immer schlief er. Meine Hand wanderte über meinen nackten Bauch zu der engen Jeans, die ich vorsichtig öffnete. Fuck, was tat ich hier eigentlich? Vorsichtig schlüpfte meine Hand unter den Spitzentanga zu meiner feuchten, heißen Pussy. Ich fühlte mich in diesem Moment so gefangen, dass ich nicht aufhören konnte. Im Augenblick war es mir sogar egal, ob er aufwachen würde. Langsam streichelte ich über die Lustperle und ließ zwei Finger in meine Feuchtigkeit gleiten. Ein leises Stöhnen entwich mir.

Dabei ruhte mein Blick stets auf James, mit dem ich mir die heißesten Fantasien ausmalte. Wie er mich leckte, seinen harten Schaft in mir versenkte. Mich grob anpackte und immer wieder zum Kommen brachte. Ich spürte, wie sich ein gewaltiger Sturm in mir zusammenbraute. Meine Atmung ging schnell und stoßweise.

So schnell, dass ich anscheinend zu laut geworden war, denn James regte sich. Er schlug die Lider auf und sah mir direkt ins Gesicht.

Es dauerte anscheinend einen Moment, bis er sich gefangen hatte und merkte, was ich hier tat. Seine Augen wurden dunkel und seine Pupillen riesig.

»Was tust du da?«, fragte er leise und knurrend.

»Nichts …«, antwortete ich zuckersüß und ließ meine Hand schnell aus der Hose verschwinden. Meine Wangen brannten wie Feuer.

Ich sah, dass er mir nicht glaubte. Aber er ließ es auf sich beruhen. Zum Glück. Oder hatte ich mir vielleicht sogar gewünscht, dass er hartnäckiger gewesen wäre?

»Wie geht's dir?«

Es dauerte einige Sekunden, bis ich ihm antworten konnte.

»Gut«.

Innerlich lachte ich darüber. Mir ging es zu gut, in seiner Gegenwart.

Er blickte mich an, als sei er nicht überzeugt.

»Na ja, nach den Strapazen, die dein Körper hinter sich hat, ist gut aber ziemlich übertrieben, oder? Schmerzt dein Hals noch sehr? Lass mich mal sehen.« Dann stand er auf und kam zu mir herüber. Viel zu dicht setzte er sich auf die Bettkante neben mich und befühlte vorsichtig meinen Hals. Seine Finger glitten zart wie kleine Federn über meine Haut und jagten mir ein heißes Schaudern über den Rücken. Meine Mitte zog sich wieder erwartungsvoll zusammen. Es fühlte sich gut an. Unglaublich gut. Besser, als ich es mir je erträumt hatte. Seine Hand strich weiter über meinen Hals und seine sonst strahlendblauen Iriden wurden von seinen Pupillen eingenommen.

»Dein Hals sieht nicht gut aus, du wirst wahrscheinlich ein paar Tage einen Schal tragen müssen.«

Kurz ruhte sein Blick auf meinen Brüsten. Schließlich wanderte seine Hand über mein Schlüsselbein und stoppte knapp über dem Ansatz meines BHs. Es fühlte sich so gut an. In meinem Bauch kribbelte es. Er sah mich eindringlich an, schien meine Reaktion genau zu analysieren.

Plötzlich zog er seine Hand weg. Stattdessen griff er nach der meinen und führte sie zu seinem Mund.

Was hatte er vor? Ich war wie versteinert, konnte mich nicht bewegen und ließ alles geschehen. Und dann spürte ich seine Zungenspitze an meinen Fingern. Kein einziges Mal wich er dabei meinem Blick aus. Er knurrte leise, erhob sich blitzartig und drehte sich von mir weg, um mit schnellen Schritten die Tür anzusteuern.

Ich war baff. Starrte auf meine Hand. Was war eigentlich los mit mir? War das wirklich ich? Scheiße.

Er brachte alles Dunkle in mir zum Vorschein. Bei ihm verlor ich alle Hemmungen. Ich wünschte mir sogar, dass er mich eben noch mehr berührt hätte. Alles von mir. Verflucht, ich wollte von meinem Chef hart durchgenommen werden! Erst jetzt wurde mir das ganze Ausmaß richtig bewusst.

James holte mich mit seinen Worten aus meinen Gedanken zurück.

»Es tut mir leid, was passiert ist. Ich hoffe, du wirst trotzdem weiter für mich arbeiten. Ich werde ab jetzt die Sicherheitsvorkehrungen verschärfen, damit so etwas nicht noch einmal geschieht.«

Immer noch stand er mit dem Rücken zu mir gewandt und sah mich nicht an. Ich merkte aber, dass er mit sich rang und einen innerlichen Kampf ausfocht. Sein Verhalten war so … wechselhaft.

»Ja, natürlich. Es war ja nicht deine Schuld. Ich mache mich gleich auf den Weg nach Hause und komme dann heute …« Ich sah auf mein Handy. »Um zwanzig Uhr wieder?«

»Du willst nicht erst einmal eine Weile zuhause bleiben?«

Energisch schüttelte ich den Kopf. Auf keinen Fall.

»In Ordnung. Dann bis später. Ich bin in meinem Büro.«

Damit ließ er mich allein zurück.

Ich stand auf, packte meine Sachen zusammen und fuhr nach Hause, denn es war schon neun Uhr am Morgen. Oma und Darina würden ausflippen. Ich versuchte, nicht daran zu denken, was eben passiert war.

Eigentlich hätte ich schon gegen vier Uhr daheim sein sollen. Scheiße. Das genau mir so ein Mist passierte, war echt klar. Typisch ich. Gerade schloss ich leise die Tür hinter mir, als ich mich auch schon nach oben stehlen wollte.

Darina und Oma hatten mich allerdings gehört. Erwartungsvoll blickten sie in meine Richtung, rissen ihre Augen auf und erhoben sich von ihren Stühlen. Entgeistert schlug meine Oma die Hände vor dem Mund zusammen. Sah es wirklich so schlimm aus?

Da ich mich noch nicht getraut hatte, in den Spiegel zu schauen, hatte ich keinen blassen Schimmer. Darina fing sich schneller als Grandma und kam auf mich zu, um die Wunden aus der Nähe zu begutachten.

»Ach du heilige Scheiße, Kaycee, wie siehst du denn aus? Oh mein Gott, wie ist das nur passiert? Als wir diesen Anruf von Stella bekommen haben, konnte ich kaum noch ruhig sitzen, aber das? Das ist ja schlimmer als gedacht.« Sie brach in Tränen aus, lief auf mich zu und fiel mir dann um den Hals.

»Mach dir mal keinen Kopf, es ist halb so wild, wie es aussieht. Hör auf zu weinen, meine Süße. Es war nur ein Unfall.«

Sachte streichelte ich ihr über den Rücken und war so froh, eine derart tolle Schwester zu haben. Ich liebte sie wirklich über alles.

Jetzt hatte sich anscheinend auch Oma von ihrem Schock erholt.

»Kaycee, bitte sag uns, wer das war! Und lass mich dich anschauen, komm her!«

Widerwillig löste sich Dina von mir und ich ging auf meine Oma zu. Sie schob den Kragen meiner Jacke ein wenig zur Seite, stockte in ihrer Bewegung und sah mich entsetzt an.

»Oh mein Gott, Kind, hast du starke Schmerzen?«

»Nein, es ist schon okay. Ich werde nachher einfach einen Schal umlegen, damit man es nicht sieht. Anscheinend sind bei mir zum Glück keine Adern in den Augen geplatzt, das wäre schlimmer und auffälliger gewesen.«

»Wie ist das passiert?!«, hakte Oma nochmals nach.

»Es war ein betrunkener Kunde, der ein Nein nicht akzeptieren wollte. Das Sicherheitspersonal hat Schlimmeres verhindert.« Lüge. Aber ich konnte ihnen nicht die Wahrheit sagen. Oma und Darina waren mit der Situation sowieso schon komplett überfordert.

Wir redeten noch ein bisschen, kamen zu Ruhe und dann verabschiedete ich mich. Ich brauchte Schlaf und musste endlich das verbliebene Blut von meinem Körper waschen. Und die Erinnerungen an James. Was zum Teufel hatte ich da angestellt?

James

Heilige Scheiße. Als ich aufgewacht war, dachte ich, ich hätte geträumt. Ihre schnelle, aufgeregte Atmung hatte mich aus dem Schlaf gerissen. Das erste was ich sah, waren ihre rosigen Wangen, die vor Lust glühenden Augen und ihre Hand unter der Decke. Wie sie sich in kreisenden Bewegungen streichelte. Ich dachte, es sei nur eine Einbildung und, dass ich noch nicht ganz wach wäre. Also ließ ich es auf sich beruhen. Bis ich neben ihr saß und sah, wie sich mir ihre harten Knospen entgegenreckten. Ich wusste, dass sie geil war. Also nahm ich ihre Finger in den Mund und schmeckte, ob sie wirklich ihre zarte Pussy befingert hatte. Und fuck, ja. Das hatte sie. Ich schmeckte ihre süße Lust und sie war die Sünde pur. Es raubte mir den Verstand. Normalerweise ging ich nicht auf die Knie und leckte irgendwelche Muschis. Das hatte ich bisher erst bei einer gemacht: meiner Ex. Bei den anderen hatte ich nicht einmal einen Gedanken daran verschwendet. Hatte nur an meine Befriedigung gedacht. Doch Kays Geschmack ließ mich wie einen Süchtigen zurück. Ich wollte sie sofort, und zwar hart. Ich ging bloß, um der Versuchung zu widerstehen, und merkte gerade, was ein Scheißidiot ich war!

Sie wollte mich, ich hatte es gesehen, wieso hatte ich ihr diesen Wunsch nicht erfüllt?!

Im Büro schlug ich hart auf meinen Tisch, so dass einige Papiere und Unterlagen umherflogen. Der Scotch in der Karaffe flog samt Glas hinterher und zersprang am Boden.

Ich ärgerte mich über meine Dummheit und brauchte dringend etwas zum Abreagieren. Was musste sie nun denken? Dass ich sie nicht ebenso wollte?

Aber das war nicht so.

Ich wollte sie mehr als alles andere!

Nein, ich brauchte sie!

Entnervt öffnete ich meine Schublade, holte Gras und Tabak heraus und drehte mir einen *Spliff*. Der erste Zug entspannte mich sofort und ich hatte nicht mehr das Gefühl, ausrasten zu müssen, um meinen Frust abzubauen. Mein Zeug war das beste der Stadt. Absolut rein. Wieder und wieder befüllte ich meine Lunge mit dem betörenden Rauch, ließ die Anspannung von mir abfallen. Es gab etwas, was ich nicht bedachte hatte. Ich musste Kay jetzt erstmal in Ruhe lassen. Sie durften nicht merken, was sie mir bedeutete. Erst einmal nicht. So etwas wie heute durfte nicht noch einmal passieren!

Kaycee

Mittlerweile hatte sich eine Art Routine eingeschlichen. Vier Wochen arbeitete ich nun schon in der Bar und Stella und ich waren gute Freundinnen geworden, die sich über alles aussprechen konnten.

In den Pausen, oder auch, wenn wir wenig zu tun hatten, plauderten wir die ganze Zeit miteinander. Tatsächlich konnte ich mit ihr so viel lachen, wie bisher mit niemandem. Das war ein großartiges Gefühl. Stella hatte mir einiges über ihre kleine, fünfjährige Tochter Mina erzählt. Minas Vater hatte die beiden verlassen, weil er seine Freiheit nicht aufgeben hatte wollen. Dabei bedeutete ein Kind doch nicht automatisch Gefangenschaft. Wie konnte man nur so herzlos sein? Irgendwie hatte ich oft das Gefühl, dass manche schlichtweg keinen einzigen Gedanken daran verloren, was sie anderen mit ihren Handlungen antaten. Jeden verdammten Tag dachte ich an meine Eltern. Langsam wurde es leichter für mich, darüber zu reden und nicht jedes Mal wieder in Tränen auszubrechen. Aber innerlich schrie mein Herz, wenn mich jemand darauf ansprach.

Meine Oma hatten wir gestern zum Airport gebracht, weil sie leider wieder zurück nach Deutschland musste. Schließlich gab es auch dort Verpflichtungen, um die sie sich kümmern musste. Das Geschwätz der Leute darüber, wie unsere Grandma uns jetzt schon wieder allein lassen konnte, war mir leider bereits zu Ohren gekommen. Wieso kümmerten sich nicht alle einfach um ihren eigenen Scheiß?

Langsam entwickelte sich das Ganze zu einem Horrorszenario. Klar, wir waren schon immer keine Einheimischen gewesen, und das wussten die Leute hier, aber seitdem Charlie so einen Mist über mich erzählt hatte und dann auch noch meine Eltern gestorben waren, wurden wir zum Gesprächsthema Nummer eins auserkoren.

Gerade machte ich mich fertig, denn ich wollte zum Friedhof, um meine Eltern zu besuchen. Wie absurd das klang, nicht wahr? Vor zweieinhalb Monaten hatten wir immer zusammen am Tisch gesessen und gemeinsam zu Abend gegessen.

Als ich mit einem frischen Strauß weißer Lilien beim Friedhof eintraf, erfasste mich wieder diese unendliche Traurigkeit. Es würde wahrscheinlich nie aufhören, weh zu tun. Dann waren da noch meine Gefühle zu James, die ich versuchte, zu ignorieren. Der Monat ohne seine Nähe hatte mir zugesetzt und ich schämte mich für das, was ich getan hatte. Was musste er nun über mich denken? Dass ich genauso eine Schlampe war, wie Charlie gesagt hatte? Es fühlte sich scheiße an. Die letzten Wochen waren wir uns komplett aus dem Weg gegangen – ich aus Scham und er, weil er sicher dachte, ich sei billig zu haben. Mit einem frustrierten Seufzer schüttelte ich diese Gedanken von mir ab und ging zum Grab meiner Eltern. Stellte die Blumen in eine Vase, welche ich neben ihrem Gedenkstein platziert hatte.

Eheleute Josef und Susanne Moore

Ruht in Frieden

Dies stand in weißen Buchstaben auf dem Grabstein geschrieben.

Das Witzige war, dass wir einen amerikanischen Nachnamen trugen, weil unser verstorbener Opa hier seine Wurzeln hatte. William Moore war in der Zeit des Kalten Krieges als Soldat nach Deutschland gekommen. Nach seiner Versetzung dorthin hatten sich meine Großeltern kennengelernt. Meinem Vater war der Lebenstraum von Amerika also irgendwie in die Wiege gelegt worden.

Jetzt ruhen meine beiden Eltern auf einem Friedhof in Queens Creek, Arizona. Was für ein Schicksal.

KAPITEL 9

Kaycee

Ich kam gerade im *Heavenly's* an und wollte sofort in den Pausenraum gehen, da lenkte mich etwas auf der rechten Seite des Clubs ab. In der hintersten Ecke stand ein Mann, den ich hier noch nie gesehen hatte. Er war sehr groß, besaß selbst am Hals Tattoos und machte sich an der Innentasche seiner Lederjacke zu schaffen. Mir kam das sehr komisch vor, also stellte ich mich so hin, dass ich ihn weiter beobachten, er mich aber wiederum nicht gleich sehen konnte. Mit geschickten und offenbar geübten Handgriffen zückte er eine kleine Tüte heraus und zeigte sie seinem Gegenüber, der daraufhin nickte und ein ganzes Bündel Geldscheine hervorholte. Schließlich verabschiedeten sich die beiden voneinander. Mich beschlich ein mulmiges Gefühl. In letzter Zeit hatte ich schon öfter solche komischen Typen hier bemerkt, die scheinbar Drogen unter die Menschen brachten. Wusste James das etwa? Ich hatte ihn, ehrlich gesagt, schon ewig nicht mehr gesehen, und wenn, dann nur im Vorbeigehen. Nach der Attacke auf mich war er mir aus dem Weg gegangen und ich verstand wieso. Ich hatte einen fatalen Fehler gemacht und es tat mir leid – doch das konnte ich ihm nicht sagen.

Seit diesem verdammten Tag, an dem James Torres mich so angefasst hatte, glaubte ich, mehr davon zu brauchen. Wusste, mehr davon zu wollen. Seine Berührung, so klein sie auch gewesen sein mochte, hatte mich fast umgehauen.

Das war absolutes Neuland für mich. Vielleicht hatte er nicht so gefühlt wie ich und nun machte ich mir selbst etwas vor. Oder hatte ich mir das alles sogar eingebildet? Ich war so verdammt unsicher!

Die Lippen aufeinanderpressend ging ich zum Pausenraum, um meine Sachen abzustellen. Vor James Büro hielt ich kurz inne und dachte sehnsüchtig an ihn. An alles, was er mir nicht geben konnte, ich aber wollte.

Ein lautes Stöhnen riss mich aus meinen Gedanken und mein Mund klappte auf. Es kam eindeutig aus dem Raum vor mir. Nun würde mein Herz also schon zum zweiten Mal in Einzelteile zerbrechen.

»Oh ja, James! Besorg es mir richtig! Jaaaa, genau da …« Das Stöhnen ging weiter und ich versuchte, nichts dabei zu empfinden. Leider scheiterte ich kläglich. Einerseits war ich wütend, andererseits neidisch. Ich wollte auch einmal das fühlen, was sie so aufschreien ließ. Auf dem Absatz machte ich kehrt, ballte die Hände zu Fäusten, ging zu den Waschräumen und spritzte mir kaltes Wasser in mein erhitztes Gesicht. Nun hatte ich also meine Antwort: James wollte mich nicht. Ein kleiner Moment hatte alles zunichtegemacht und meine Hoffnungen zerschmettert. Ich seufzte, ließ die Schultern hängen und blickte mich im Spiegel an. Zum Glück saß mein Make-up noch. Wenigstens auf das konnte man sich verlassen.

Es brachte nichts, etwas hinterherzutrauern, das ich eh nie besessen hätte. Die Arbeit rief.

Zurück auf dem Flur kam Charlie gerade aus James Büro. Sie sah gut aus, wie immer. Ihre Haare waren leicht verwuschelt und sie wirkte ein wenig verschwitzt, was ihrer Schönheit jedoch nichts anhaben konnte. Im Gegensatz zu ihr gehörte ich eindeutig zur Kategorie ‚Standard'.

Als sie mich bemerkte, zog sie ihre perfekt gezupften Augenbrauen hoch und schaute mich von oben herab an.

»Oh, was machst *du* denn hier? Und dann auch noch so ein nuttiges Outfit? Zum Glück weiß ja schon die ganze Stadt, was du für eine Schlampe bist, daher kannst du es jetzt auch endlich zeigen, oder?« Sie lachte spöttisch auf. »Wie sagt man so schön: Ist der Ruf erst ruiniert, lebt es sich ganz ungeniert.«

Ihre folgenden Worte waren schließlich nur noch ein drohendes Zischen: »Du bist schuld daran, dass ich nicht bekommen habe, was ich wollte. Und das werde ich dich jetzt spüren lassen. Warte nur ab.«

Ich wusste nicht, was ich dazu sagen sollte. Was war nur mit ihr los? Und was, verdammt nochmal, hatte sie denn bitte nicht bekommen? Die Typen fanden sie umwerfend, sie kam aus einer reichen Familie und hübscher als ich war sie auch noch. Keine Ahnung, was für ein Problem sie hatte. Dass ich nichts erwiderte, machte sie offenbar wütend. Sie holte Luft, zeigte mit dem Finger auf mich und schien, mir wieder etwas an den Kopf werfen zu wollen.

Und dann kam James aus seinem Büro heraus.

Sein Hemd war zerknittert. Kratzspuren zierten seinen Hals. Langsam spürte ich Wut in mir aufkeimen. Ich mochte ihn und was tat er? Meine ehemals beste Freundin ficken, die mir Schreckliches angetan hatte und mir noch Schrecklicheres antun wollte. Als er mich erblickte, trat ein komischer Ausdruck in sein Gesicht. Seine Augen wurden leer und er wirkte … reumütig. Verdammt. Ich hasste diese widersprüchlichen Signale.

»Komm mal runter, Charlie! Hast du nicht bekommen, was du wolltest? Miss Moore, gehen Sie an die Arbeit. Ich bezahle Sie nicht fürs Herumstehen!«, fuhr er mich auf einmal an. Gerade dachte ich, er wollte sich für mich einsetzen, doch stattdessen machte er mich dumm an? Was für ein Drecksack! Ein verlogenes, manipulatives Arschloch. Mir platzte der Kragen und ich drehte mich zu Charlie um:

»Genau Charlie, ist es nicht das, was du immer wolltest? So richtig hart von James gefickt werden? Damit lagst du mir doch immer in den Ohren. Sei froh, dass er dich jetzt doch mal rangelassen hat.« Ich zwinkerte ihr zu, drehte mich um und verschwand in Richtung Club. Keine Ahnung, wo ich den Mut hergenommen hatte, aber die beiden kotzten mich an!

Leise hörte ich noch ihre in der Ferne verblassenden Stimmen, zum Glück jedoch nicht, was sie sagten. Ich war schon verletzt genug.

Einmal mehr wünschte ich mir, dass ich ihn hassen könnte. Doch so, wie es jetzt schmerzte, wusste ich, dass ich mein Herz schon verloren hatte.

James

»Ach, die arbeitet bei dir? Hast du keine normalen Menschen mehr gefunden, oder wie?«, fragte Charlie, nachdem Kaycee gerade um die Ecke verschwunden war, und fand sich dabei wohl selbst witzig. Meine Wut wuchs ins Unermessliche. Es fehlte nicht mehr viel, bis ich ihren Schädel gegen die Wand schlagen würde. »Halt einfach deine verdammte Fresse und verpiss dich. Du hast bekommen, was du wolltest.«

Sie zog die Augenbrauen hoch.

»Oh, ich werde noch öfter bekommen, was ich will, mein Lieber. Bis zum nächsten Mal.« Mit diesen Worten ließ sie mich im Flur allein zurück.

Endlich. Ich hätte sie keine Sekunde länger mehr ausgehalten.

Kaycees bloße Anwesenheit eben hatte mich sofort wieder hart werden lassen. *Sie* erregte mich wie keine andere. Dass ich ihr so lange aus dem Weg gegangen bin, hatte es also nicht gerade besser gemacht. Viel eher musste ich mich nun sogar mit den angestauten Gefühlen herumplagen. Kaycee hatte so verletzt, so gebrochen gewirkt. Es tat mir leid, doch ich konnte nichts daran ändern. Charlie hatte mich in der Hand und das kotzte mich richtig an.

Diese dumme Bitch.

Sie war der Meinung, dass sie sich alles herausnehmen konnte, nur weil sie Jasons Schwester war. Jason, die ehemals rechte Hand meines Vaters, wollte nach wie vor dessen Platz einnehmen. Aber das würde niemals geschehen. Nicht, solange ich lebte. In meiner Welt existierten nur Macht und Gier und davon nicht wenig. Ich hatte keinen Bock mehr auf diese Scheiße hier –

denn so, wie es momentan lief, würde ich nie ein normales Leben mit einer Familie führen können. In meinem Geschäft gab es einfach zu viele Risiken. Ich war ein zwiegespaltener Mann: Einerseits wünschte ich mir ein normales Leben, anderseits war ich so verdorben wie mein Vater. Es würde schwer werden, alles hinter mir zu lassen.

Kaycee stand an der Bar und arbeitete Hand in Hand mit Stella zusammen. Sie war wirklich atemberaubend schön und wusste es nicht einmal. Gerade das gefiel mir. Niemand, den ich kannte, hatte solch eine Ausstrahlung wie sie. Schon die kleinsten Gesten zogen mich in ihren Bann: wie sie sich den Zopf richtete, wie sie die Hände in die Hüften stemmte, wie sie sich auf die Lippen biss. Seit ich sie das erste Mal gesehen hatte, war da sofort diese Anziehungskraft zwischen uns gewesen. Ich musste diese Frau einfach haben.

Sie war genauso verloren wie ich.

Sie war mein Gegenstück, dessen war ich mir sicher.

Plötzlich sah mich Stella an. Anscheinend hatte sie gemerkt, dass ich die beiden beobachtete. Sie zog die Augenbrauen hoch und grinste wissend, dann setzte sie ihr Gespräch mit Kaycee fort und lachte herzlich. Die zwei verstanden sich sehr gut und das freute mich, vor allem, da ich Stella schon seit fünf Jahren kannte. Ich mochte sie sehr und sie war – neben Aiden – eine enge Vertraute von mir. Es war mir wichtig, was sie dachte. Würde sie Kay nicht so mögen, wie sie es tat, hätte ich nicht so ein gutes Gefühl.

Damals hatte ich Stella von der Straße gerettet. Bis heute wusste ich nicht, wie sie in diese Situation gekommen war und sie hatte es mir auch nie erzählt.

Immer blockte sie das Thema ab – was mich wütend machte und verletzte. Irgendwann würde ich es herausbekommen! Wobei ich mir denken konnte, dass es sich um etwas Familiäres handelte.

Um nicht noch weiter aufzufallen, zog ich mich wieder in mein Büro zurück und setzte mich an meinen Papierkram. Ich hatte einiges zu tun und hoffte, dass Kaycee noch lange von der Wahrheit hinter diesem Laden verschont bleiben würde, denn sonst wäre sie wahrscheinlich sehr schnell über alle Berge.

Was dachte ich mir eigentlich?

Dass sie blind war?

Sicher hatte sie längst gemerkt, was hier ablief.

Kaycee

Nach der Zurechtweisung von James war mir sehr komisch zumute. Ich ließ es mir nicht anmerken, doch innerlich zerfraß es mich. Er hatte Sex mit Charlie gehabt und das war noch nicht alles gewesen, nein. Er hatte mich sogar vor ihr auf meinen Platz verwiesen und mich gedemütigt. Eigentlich sollte es mir egal sein, aber das war es nicht, ganz im Gegenteil. Jedes Mal, wenn ich James sah, bekam ich dieses Kribbeln im Bauch und das Verlangen wuchs und wuchs. Immer wieder stellte ich mir vor, wie er mich anfasste, meine intimsten Stellen berührte und mich hart fickte. Was wäre gewesen, wenn *ich* in seinem Büro gewesen wäre? Wie hätte es sich angefühlt? Wäre es so gut gewesen, wie ich es mir vorstellte? Es ließ mir keine Ruhe. Jede Nacht, wenn ich die Augen schloss, dachte ich an ihn. Was wir miteinander tun könnten. Wie wir harmonieren würden. James war niemand von der sanften Sorte und das war genau das, was ich mir wünschte. Leider hatte ich nun ja gemerkt, dass er mich nicht wollte. Ich hatte mir also tatsächlich alles eingebildet. Wie dämlich konnte man eigentlich sein? Aus Enttäuschung wurde Wut. Wut auf mich und Wut auf ihn. Es fuckte mich ab, dass er es ausgerechnet jetzt mit ihr getrieben hatte, jetzt, wo ich begonnen hatte, Hoffnung zu hegen. Hatte Charlie mein Interesse an ihm bemerkt? So, wie sie mich kannte, bestimmt. Nun würde es ihr mit Sicherheit noch mehr Freude machen, ihn zu vögeln. Einfach, um mich zu verletzen.

Heute war der Tag, an dem ich mich mit Stella, Mina und Darina zum Brunch verabredet hatte. Aufgeregt fieberte ich dem

Treffen entgegen – immerhin lag mein letztes schon eine ganze Weile zurück. Dabei gingen wir nicht einmal wirklich aus. Es war ein Brunch zusammen mit Freunden, mehr nicht. Trotzdem stand mein gesamter Körper unter Hochspannung und ich konnte es kaum erwarten, unter Leute zu kommen.

Ich zog mir eine enge, schwarze Jeans und eine leichte Bluse an. Heute sollte es wärmer werden und ich wollte mich nicht zu Tode schwitzen. Als Schmuck wählte ich goldene Armreifen, die bei jeder Bewegung klimperten. Sie passten perfekt zu meinem Ring in der Nase. In Flipflops lief ich die Treppen herunter in unseren großen Flur, wo Darina bereits auf mich wartete und ihr Gewicht nervös vom einen auf den anderen Fuß verlagerte. Dina sah heute wunderschön aus. Ihre mittlerweile nachgewachsenen dunkelblonden Haare hatte sie sich in einen kleinen, strengen Zopf nach hinten gebunden. Ich freute mich außerdem sehr darüber, dass sie eine süße, geblümte Bluse trug. Endlich wieder etwas Farbiges! Und es stand ihr so gut! Ihre Haut strahlte regelrecht, ihre großen grünen Augen hatte sie leicht betont. Sie sah aus, als würde sie auf ein Date gehen wollen! Spaßeshalber bot ich ihr meinen Ellbogen zum Einhaken an. Sie zog eine Augenbraue hoch und umfasste lachend meinen Arm, ehe wir gemeinsam zu meinem BMW schlenderten, der sicher nicht mehr lange machen würde. Im Innenraum roch es nach Kokos, meinem Lieblingsduft, der von einem kleinen, am Spiegel hängenden Bäumchen verbreitet wurde. Als ich den Motor startete, schwang es sachte hin und her.

Wir fuhren nach Phoenix. Das war einfacher für Stella und ihre Tochter.

Die knapp 40 Meilen redeten Dina und ich ununterbrochen.

Nach einer Weile seufzte ich und schielte kurz zu meiner Schwester herüber.

»Schon traurig, dass Oma wieder zurückgeflogen ist. Ich vermisse sie schon jetzt.«

Schnell wanderte mein Blick wieder zurück zur Straße, damit ich keinen Unfall baute. Der Verkehr wurde immer stockender, je näher wir Phoenix kamen.

»Ich auch. Ich würde sie so gerne mal wieder in Deutschland besuchen. Meinst du, das geht irgendwann?«, fragte sie mich hoffnungsvoll.

Tief atmete ich durch.

»Sicher. Es wird noch einige Zeit dauern, bis wir uns das leisten können.« Lüge. Wir würden uns wahrscheinlich niemals den Flug dorthin leisten können. Jedenfalls nicht nur von meinem Gehalt. Das war spätestens am Ende des Monats immer so gut wie aufgebraucht.

»Das wäre so toll, Kaycee. Endlich, nach all den Jahren, könnten wir unsere Familie wiedersehen. Ich mag es hier, versteh mich nicht falsch. Allerdings vermisse ich unser Zuhause schon sehr.«

»Fühlst du dich hier nicht Zuhause?« Obwohl es mir ähnlich erging, hatte ich ein bisschen Angst vor ihrer Antwort. Ich konnte es einfach nicht ertragen, wenn sie unglücklich war.

»Doch schon. Nur … dort hatten wir eben Freunde. Hier zwar auch, aber es ist nicht das Gleiche. Man fühlt sich immer irgendwie … als Außenseiter.« Ihre Stimme klang leise und gebrochen. Mist, genau das hatte ich befürchtet.

»Ich verstehe dich … Hab noch ein bisschen Geduld. Vielleicht finden wir in Stella eine neue Freundin. Kopf hoch, Dina.« Ermutigend lächelte ich sie an und nickte ihr zu.

»Danke. Für alles.« Sie legte ihre Hand auf mein Knie und drückte dieses sanft – wie eine Bestätigung ihrer Worte.

Endlich kamen wir am amerikanischen Waffelhaus an und parkten dort auf dem ausgeschilderten Platz dahinter. An der Front waren rot-weiße Markisen gespannt, damit die Gäste auch bei schönem Wetter draußen sitzen konnten. Tische und passende Stühle standen im Bistro-Stil wie kleine Inseln angeordnet auf der Fläche vor dem Eingang. Die Leuchtreklame blinkte und lud zum Eintreten ein.

Stella, die bereits vor uns eingetroffen war, winkte uns mit einem Lächeln im Gesicht, als wir auf sie zuliefen.

»Guten Morgen, Süße! Du siehst klasse aus.« Mit diesen Worten drückte sie mich einmal fest an sich und ging dann zu Darina.

»Du musst Darina sein. Es freut mich unglaublich, dich kennenzulernen.« Dann zog sie auch Darina in ihre Arme und grinste bis über beide Ohren. In Stellas Gegenwart konnte man sich einfach nur wohlfühlen und ich mochte es, Zeit mit ihr zu verbringen.

»Guten Morgen! Ich freue mich, dass es heute geklappt hat. So kommen wir alle mal raus und vor allem lerne ich endlich die Frau kennen, die so lieb zu meiner Schwester ist«, begrüßte Dina ihre Gegenüber. Dann ging sie in die Knie und schaute zu dem kleinen Mädchen, das sich an die Beine ihrer Mutter presste und noch etwas eingeschüchtert wirkte. Sie sah aus wie Stellas Ebenbild nur in jung. Blonde lange Haare, die sich an den Spitzen kringelten, eine kleine Stupsnase und schöne Augen. Die hatten allerdings nicht das strahlende Blau wie Stellas, sondern waren braun-grün. Sie sah so winzig und unschuldig aus. Fast wie ein Engel.

»Na, du kleine Prinzessin? Wie geht´s dir? Hast du schon Lust auf etwas Leckeres zu essen?«

Unsicher schaute Mina ihre Mum an. Als diese dann aber nickte und damit ihr Einverständnis gab, merkte man, wie das Mädchen aufblühte.

»Hallo, ich bin Mina und schon bald fünf Jahre! Ja, auf Waffeln mit Schokolade und Erdbeeren!« Ihre Augen strahlten regelrecht.

Schließlich betraten wir das Lokal. Uns erwarteten helle Farben, rote Akzente und weichgepolsterte Bänke. Auf jedem Tisch standen frische Blumen, die alles noch gemütlicher machten. Wir setzten uns an den Hintersten, der noch frei war, um uns in Ruhe unterhalten zu können. Hier hatten wir einen schönen Blick auf den Park, der auf der anderen Straßenseite lag. Eine freundliche Kellnerin nahm unsere Bestellung entgegen. Wie hätte es anders sollen sein: Waffeln mit Schokosoße und Erdbeeren. Während wir auf das Essen warteten – und mir bereits das Wasser im Mund zusammenlief – stellte sich heraus, dass wir uns alle super verstanden. Was anderes hatte ich aber auch nicht erwartet. Mina war wie Stella auch ein wahres Goldstück. Bei so einer tollen Mutter kein Wunder. Darina bot Stella an, dass sie auch mal auf die Kleine aufpassen und Mina dann mit Casper spielen könne. Bei der Erwähnung unseres Hundes war Mina endgültig hin und weg. Munter plapperte sie darauf los, erzählte uns, wie sehr sie Tiere liebte. Stella hatte allerdings nicht genug Zeit, um sich zusätzlich zu ihrer Tochter auch noch um ein Haustier zu kümmern. Verständlich. Und vernünftig. Ich bot Stella zudem an, die beiden einmal für einen Besuch abzuholen. Platz genug hatten wir. Dann würden wir auch einmal einen Filmabend machen können. Das wäre sicher cool.

Wir unterhielten uns noch eine Weile – bis die Tür des Lokals aufging und niemand anderes als James Torres hereinkam.

Er war nicht allein. Ein sehr gut gebauter, junger Mann, der wahrscheinlich in seinem Alter sein musste, begleitete ihn. Hellbraune kurzgeschorene Haare, braune Augen und fast genauso groß wie James. Kurzum: sehr attraktiv. Doch ich hatte nur Augen für den düsteren Typen daneben. Mein Herz begann zu rasen und meine Atmung wurde so unregelmäßig, dass mich Darina besorgt ansah.

»Alles okay? Geht's dir nicht gut?«

»Ja, alles okay, mach dir keine Gedanken«, log ich, um Stellas Aufmerksamkeit nicht auf den Eingangsbereich hinter ihr zu lenken. Erfolglos. Sie drehte sich um. Scheiße. Mein Körper spielte völlig verrückt, schien sich im Fluchtmodus zu befinden und wollte einfach nur weg. Seine Anwesenheit allein raubte mir die Luft zum Atmen.

Als er uns erblickte, sagte er kurz etwas Unhörbares zu seinem Begleiter und kam mit diesem auf uns zu. Mina schrie vor Freude auf. »Onkel James! Onkel Aiden! Hier sind noch Plätze für euch frei!«

Heilige Scheiße, nicht auch noch das! So konnte also aus einem entspannten Vormittag ein absolut nervenaufreibender werden. Ich rückte nervös mit dem Stuhl zur Seite, um Platz zu machen, blickte in meinen Schoß und knetete meine Hände. Die ganze Situation war mir unangenehm. Mein Herz hämmerte mir gegen die Brust und ich hatte Angst, die anderen könnten es hören. Ich spürte die Hitze, die auf einmal in meinem Bauch aufloderte, und mir wurde warm. Röte kroch meinen Hals hinauf und verfärbte meine Ohren. Warum musste dieser Mann derart gut aussehen und gleichzeitig ein Arschloch sein? Was mich nicht wirklich abschreckte, sondern eher noch mehr faszinierte. Seitdem er mich vor ein paar Tagen so angefahren hatte, war ich ihm aus dem Weg gegangen. Ich hatte keine Lust, mir alles gefallen zu lassen. Wenn ich eines nicht war, dann ein dummes Mädchen, was einem Typen hinterherlief.

Meine Schwester schaute mich durchdringend an und wunderte sich offenbar darüber, dass ich meine Schuhe auf einmal interessanter fand als die Neuankömmlinge.

Angestrengt versuchte ich, sie auszublenden, weil ich zu große Angst vor James' Reaktion hatte. Dina kannte mich eben viel zu gut, so gut wie kein anderer Mensch. Sie merkte, dass es etwas mit den beiden zutun haben musste.

Der Arsch von meinem Boss hatte sich natürlich direkt mir gegenüber niedergelassen und konnte mich so wunderbar beobachten. Alle begrüßten sich, stellten sich vor, nur ich nicht.

Zu Aiden sagte ich kurz: »Hallo«, und blickte wieder auf den Tisch. Ich sah überall hin, nur nicht zu *ihm*. Nicht mal eine Begrüßung hatte er von mir bekommen. Es war schwer, mich überhaupt noch an einem Gespräch zu beteiligen. Deshalb ließ ich es einfach bleiben.

Die anderen unterhielten sich pausenlos und meine Schwester verstand sich offenbar sehr gut mit James' Freund Aiden.

Darina war sehr misstrauisch gegenüber Menschen geworden, seitdem all ihre Freunde sie hängengelassen hatten. Umso froher war ich, dass sie endlich wieder lachte. Es war genau das, was sie brauchte.

Ich dagegen schwieg die meiste Zeit über und gab nur kurze Antworten, wenn mich jemand ansprach. Glücklicherweise kommentierte mein Verhalten keiner. Ich fühlte mich extrem unwohl. Also verabschiedete ich mich mit der Begründung, dass ich mal zur Toilette müsse, und ging hastig den Gang entlang. Im Waschraum angekommen, machte ich mich ein bisschen frisch und spritzte mir Wasser ins Gesicht. Was für ein verfluchter Tag! Seufzend stützte ich mich am Waschbecken ab und sah in den Spiegel, der darüber angebracht war. Mir blickten grüne Augen entgegen, deren Iriden von einem gräulichen Ring umrahmt wurden. Die Augen meiner Mutter. Schnell wischte ich mir etwas verschmierte Schminke weg und trug neuen Lippenstift auf.

Optisch war ich allenfalls durchschnittlich, mehr aber auch nicht. Manchmal beneidete ich Frauen wie Charlie, die Modelqualitäten besaßen. Mit so einem Glück war ich nicht gesegnet worden.

Deshalb hatte ich auch noch nie einen Freund gehabt. Auf Charlie waren die Jungs früher schon geflogen. Ich stand immer in ihrem Schatten. All das Grübeln nützte nichts. Ich hatte sowieso keine Zeit für eine Beziehung, meine Schwester stand immer an erster Stelle. Sie war mir am wichtigsten – nicht irgendein Typ, der wahrscheinlich nur vögeln wollte. Natürlich sehnte ich mich des Öfteren trotzdem danach, denn man wollte immer das, was man nicht hatte. Egal. Tief Luft holend zog ich die Schultern hoch und dachte darüber nach, was Charlie letztens gesagt hatte. Was sollte ich schon haben, was sie wollte? Ich war ein Schatten, die Ameise unter ihrem Schuh, mehr nicht. Nie hatte ich richtig Gefallen an einem Jungen gefunden, außer an James. Und der hatte nun auch noch etwas mit ihr.

Meine Gedanken wurden jäh unterbrochen, als die Tür der Damentoilette aufging. Vielleicht machte sich Darina Sorgen, weil ich schon so lange weg war. Ich drehte mich zur Tür und atmete erschrocken auf.

James.

Ruhig und gelassen betrat er den Raum und schloss hinter sich ab.

Dann kam er auf mich zu. Wie ein Raubtier.

Und ich war die Beute, die er fokussierte.

KAPITEL 10

Kaycee

»Ähm, das ist die Damentoilette, James. Ich denke, du hast dich in der Tür geirrt«, redete ich direkt drauflos und versuchte, meine Unsicherheit mit Humor zu überspielen.

Keine Antwort.

Er kam auf mich zu und machte keine Anstalten, wieder zu gehen. Ängstlich ging ich ein paar Schritte zurück, bis ich mit meinem Rücken gegen den Waschtisch stieß. Als er dann zum Sprechen ansetzte, wusste ich, dass ich hoffnungslos verloren war.

»Was ist denn los, Miss Moore? Gefällt Ihnen meine Anwesenheit etwa nicht? Vielleicht sollten wir aus dem Weg räumen, was zwischen uns steht.«

»Ich, ähm … nein. Ich meine, es ist mir *egal*«, stammelte ich nervös. Seine beängstigende Aura nahm mich nun, da er direkt vor mir stand, völlig ein und ließ mich wie ein Reh im Scheinwerferlicht erstarren. Auch sein Duft umhüllte mich jetzt.

Er roch so unfassbar gut, männlich und frisch. Ein bisschen nach Leder. Seine muskulöse Brust zeichnete sich unter dem Shirt ab. Unwillkürlich stellte ich mir vor, wie gut er oben ohne aussah.

Immer weiter presste ich mich nach hinten, bis es schmerzte, wollte fliehen, doch konnte nicht ausweichen. Meine Atmung beschleunigte sich. Er kam immer dichter. Auf einmal hob er mich hoch und setzte mich auf dem Waschtisch ab.

Fordernd drängte er sich zwischen meine Beine und kam so nah, dass nicht einmal ein Blatt Papier zwischen uns gepasst hätte.

Mit zusammengepressten Lippen blickte ich nach unten, damit er meine Begierde nicht sah. Hatte ich Angst? Ja. Allerdings erregte mich seine Nähe auch. Keine Ahnung, was er hier tat und was er vorhatte.

Als ich nach wie vor nicht reagierte, nahm er seine langen Finger unter mein Kinn und hob es an, damit ich ihn ansehen musste.

»Was soll das?«, flüsterte ich atemlos und sah in seine stechend blauen Augen. Da er nichts erwiderte, wusste ich nicht, was ich denken sollte. Was wollte er? Sein Blick wurde dunkel, seine Pupillen schwarz und geweitet. Und dann senkte er einfach seinen Kopf und küsste mich.

Es fühlte sich viel zu gut an.

Seine Lippen waren überraschend weich und sein Dreitagebart kratzte mich ein wenig. Kein schlechtes Gefühl. Seine Zunge verlangte nach Einlass. Ich öffnete willig den Mund und seine Zunge stieß an meine, was mir ein leises Stöhnen entweichen ließ. Er schmeckte unglaublich gut. Daraufhin umfasste er meine Hüften und zog mich an sich heran. Heilige. Ich spürte seine Härte an meinem Bauch und wir küssten uns gierig weiter. Unsere Zungen berührten sich in einem synchronen Tanz. Oh Gott. Er konnte fabelhaft küssen und brachte mich allein damit in unbekannte Sphären. Ich merkte, wie all die Hitze in meine Mitte schoss und mich von innen wärmte.

Er löste sich von mir und sah mich mit dunklen Augen an, als würde er prüfen wollen, was in mir vorging. Dann senkte er wieder den Kopf und küsste meinen Hals hinunter bis zu meinem Schlüsselbein. Mein Atem ging so schnell, dass ich dachte, ich würde gleich hyperventilieren. Als James auch noch meine Brüste umfasste und seine Lippen wieder auf meine legte, konnte ich nicht mehr anders, als laut zu stöhnen.

So etwas hatte ich noch nie erlebt. Es war unglaublich. Himmel und Hölle zugleich.

Mein Körper sehnte sich nach *mehr.* Schließlich zog er sich erneut von mir zurück und strich eine Strähne hinter mein Ohr. Wie beim letzten Mal glitt seine Hand in meine Haare, griff nach ihnen und zog so fest daran, bis ich den Kopf in den Nacken legte. Er küsste mich ein weiteres Mal verlangend und voller Sehnsucht.

Plötzlich ging er ein paar Schritte rückwärts, machte auf den Absatz kehrt und verschwand, ohne ein Wort zu sagen, aus dem Raum.

Ich blickte ihm schwer atmend hinterher.

Ein paar Minuten brauchte ich, um wieder klar denken zu können. Als mein Gehirn wieder vollständig arbeitete, hielt ich mir beide Hände vor die Augen. Was zum Teufel war das denn gewesen? Nach unserem Zusammentreffen mit Charlie hatte ich gedacht, dass er nicht das geringste Interesse an mir hegte und nun das? Heilige Scheiße. Mein Körper war noch immer zittrig und konnte mit dem Verlust von James' Wärme nicht umgehen. Ich sehnte mich nach mehr. Langsam rutschte ich vom Waschtisch herunter, hörte leise Stimmen vor der Tür, stellte deshalb das Wasser an und spritzte mir etwas von dem kühlenden Nass ins Gesicht, um die Hitze zu verscheuchen. Die Tür öffnete sich und eine ältere Dame kam herein, die in eine Toilettenkabine eintrat.

Zögernd ging ich wieder an unseren Tisch zurück. James und Aiden waren verschwunden. Ein Glück. Wahrscheinlich hätte ich das, was eben geschehen war, nicht vor den anderen verbergen können. Ich setzte mich wieder neben Dina und beide sahen mich komisch an. Abwartend, als wenn sie wissen wollten, was gerade passiert war. Aber ich würde nichts sagen, denn das wusste ich ja nicht einmal selbst richtig.

Stattdessen behauptete ich einfach, dass mir übel gewesen sei. Dina wirkte besorgt und wollte nach Hause, da sie meinte, ich sollte mich noch etwas hinlegen.

Ich konnte wohl kaum die Wahrheit sagen.

James Torres und ich hatten wild auf der Toilette rumgeknutscht.

Wer würde mir das schon glauben?

Inzwischen war es Abend geworden und ich musste gleich zur Arbeit los. Ich fütterte schnell Casper und machte mich dann auf den Weg. Kurz dachte ich noch an die Fahrt vorhin zurück.

Darina hatte die ganze Rückfahrt über vom Boss und vor allem von dessen Freund geschwärmt. Anscheinend verstand sie sich gut mit Aiden.

Ich konnte mir gut vorstellen, dass aus den beiden mehr werden könnte. Noch immer versuchte ich, zu realisieren, was James mit mir gemacht hatte. Nach all der Ablehnung wollte ich einerseits nichts mehr mit ihm zu tun haben. Gleichzeitig sehnte ich mich danach, das Erlebnis von vorhin zu wiederholen. Hoffentlich konnte ich heute Nacht überhaupt schlafen.

Vor dem Club stand schon eine lange Schlange. Sofort bemerkte ich, dass das Licht repariert worden war und den Parkplatz wieder erhellte. Wenigstens fühlte ich mich so ein bisschen sicherer. Ich stellte meinen Wagen neben einen schwarzen Mercedes, den, der mir schon zuvor aufgefallen war und den ich in meiner Straße gesehen hatte. Zu gerne hätte ich gewusst, wem das Fahrzeug gehörte.

Im Personalraum wartete Stella schon auf mich. Sie begrüßte mich und fragte, ob es mir jetzt besser ging.

»Ich denke schon, ja. Mir war vorhin wahrscheinlich nur übel, weil es zu süß war«, meinte ich und zuckte mit den Schultern.

Stelle hob eine Braue und lächelte schief.

»Na ja, Kaycee. Mir musst du nichts vormachen. Ich kann mir denken, was auf der Toilette passiert ist. Außerdem hast du das Essen kaum angerührt.«

Frech streckte sie mir die Zunge heraus.

»Weißt du, ich kenne James jetzt schon fünf Jahre und ich weiß, dass er dir zur Toilette gefolgt ist. Wahrscheinlich einfach nur aus dem Grund, weil du ihn die ganze Zeit ignoriert hast. Ich habe keine Ahnung, wieso du sauer auf ihn warst. War bestimmt gerechtfertigt.«

Ein Seufzer entfuhr mir.

»Er hat mich letzte Woche vor Charlie in meine Schranken gewiesen und es war unglaublich peinlich … er würde mich ja nicht fürs Herumstehen bezahlen. Das Beste war, dass er kurz vorher mit ihr Sex hatte.«

Stella riss geschockt die Augen auf.

»Mit *Charlie*? Was zum Teufel will er mit der?! Viel wichtiger: Was wollte er von dir, als er dir auf die Toilette gefolgt ist?«

»Ähm, Stella. Ehrlich gesagt, keine Ahnung. Er hat die Tür hinter sich geschlossen, mich auf den Waschtisch gesetzt und geküsst. Danach ist er ohne Erklärung abgehauen und hat mich allein gelassen.«

Ich sah auf den Boden, damit ich Stellas Blick entgehen konnte.

»Wow, das habe ich mir schon gedacht. Komm, wir müssen raus. Erzähl mir den Rest auf dem Weg.«

Ausführlich berichtete ich ihr von dem Vorfall und sie war nicht gerade darüber verwundert. Viel mehr erstaunte sie die Sache mit Charlie. Oh man, wie ich diesen Namen langsam hasste.

James

Ich hatte sie geküsst. Oder, besser gesagt, auf dieser Toilette wohl halb gevögelt. Und jetzt ging sie mir noch weniger aus dem Kopf als vorher. Sie hatte unheimlich weiche und volle Lippen, die ich am liebsten gleich um meinen Schwanz spüren wollte. Wie sie an ihm saugte und ihn umschloss, bis ich ihr in den Mund spritzte. Ich konnte mir richtig gut vorstellen, wie sie unter mir bebte und ich so tief und fest in sie stieß, dass sie schrie. Ihr leises Stöhnen beim Küssen hatte mich schon verdammt angemacht. Am liebsten hätte ich sie sofort gefickt. Ja, das wäre großartig gewesen. Ihr zarter, jungfräulicher Körper, der sich unter mir wand und vor Lust zitterte. Fuck, mein Schwanz wurde wie auf Kommando hart. In meinem Schritt wurde es unbequem. Ich musste mir unbedingt Abhilfe verschaffen. Jeden Tag wichste ich mir einen, weil ich nicht genug von Kay bekommen konnte. Der Anblick, wie sie sich selbst unter der Decke streichelte, hatte sich in meine Netzhaut gebrannt.

Als mein Handy auf dem Tisch klingelte, wurde ich aus meinen Überlegungen gerissen. Oh man, nie hatte ich meine fucking Ruhe.

»Torres?«

»Hey, Mr. T.! Ich wollte Bescheid geben, dass die Lieferung heute Nacht am Hafen ankommt. Wer von uns soll dich begleiten?«, fragte meine rechte Hand West.

»Ist mir egal. Nimm die, die du für geeignet hälst. Ich werde dann um vier da sein.«

»Alles klar. Lagern wir es ein, wie immer?«

»Ja.« Damit legte ich auf und überließ West seiner Arbeit.

Ich sah auf die Uhr, die über der Tür hing, und dachte an Kaycee. Sie musste jetzt Pause haben. Vielleicht könnte ich ihr einen kleinen Besuch abstatten …

Mein Weg führte mich zu den Mitarbeiterräumen. Im Moment hielt sich hier eine Handvoll Leute auf. Sie, Kay, saß mit dem Rücken zu mir und bekam nicht mit, wie ich alle mit einem Blick aus dem Raum beförderte.

Gut.

Jetzt waren wir unter uns. Nur sie und ich blieben allein hier in diesem Raum. Als sie mich bemerkte, war es längst zu spät. Sie hatte nicht einmal gemerkt, dass alle gegangen waren. Ihre Augen weiteten sich, Angst spiegelte sich in ihnen. Sie schaute sich hilfesuchend um, doch fand niemanden. Schnell nahm ich einen Stuhl, klemmte ihn unter die Türklinke und ging langsam auf Kay zu. Letztes Mal hatte ich bereut, nicht auf ihre Provokation eingegangen zu sein. Wir hätten so einen Spaß haben können. Das würde mir nicht noch einmal passieren. Nach wie vor hatte ich manchmal noch ihren Geschmack auf der Zunge. Deshalb konnte ich gar nicht anders und tat, was getan werden musste, um die Spannungen zwischen uns zu begraben. Ich zog sie auf die Füße und setzte sie breitbeinig auf den Tisch. Ein erschrockener Laut entfuhr ihr, den ich aber auffing, indem ich ihren Mund mit meinem verschloss.

Sie hatte diesen kurzen, schwarzen Rock an, der zur Arbeitsuniform gehörte. Selbstsicher schob ich meine Hand einfach unter diesen, damit ich sie überall anfassen konnte. All ihre intimsten Stellen. Sie war geil, das merkte ich sofort, als ich mit den Fingern leicht über ihren Spitzentanga strich und sie weiter in meinen Mund stöhnte. Kein Widerwille. Sie war mir verfallen. Ich hatte sie schon so weit heruntergedrückt, dass sie fast auf dem Tisch zum Liegen kam. Umso besser. Meine Finger glitten erneut über die feuchte Spitze ihrer Unterwäsche. Jetzt gab sie sich mir vollends hin, küsste mich verlangend zurück. Wie sie sich mir mit geschlossenen Augen entgegenreckte machte mich unheimlich an. Mein Schwanz war so hart, dass es wehtat und ich spürte, wie sich meine Eier erwartungsvoll zusammenzogen. Ich schob zwei Finger unter den Tanga und ließ sie über ihre Perle kreisen, die bereits geschwollen war und bloß auf mich zu warten schien. Was hatte ich nur verpasst?! Kay versteifte sich etwas, aber als ich sie noch leidenschaftlicher küsste, entspannte sie sich sofort wieder. So langsam war ich mit meiner Geduld am Ende und hätte am liebsten sofort meinen Schwanz in ihr versenkt. Doch das konnte ich nicht. Sie war anders.

Ich wusste, dass ihr gefiel, was ich tat. Also riss ich ihren schwarzen Spitzentanga mit einem Ruck auseinander, kniete mich vor sie und senkte meinen Mund auf ihre Pussy. Genüsslich umkreiste ich ihre Nässe. Sie schmeckte so gut. So feucht, so weich, wie für mich gemacht. Als sie protestieren wollte, stopfte ich ihr kurzerhand ihren sündhaft geilen Spitzenfetzen in den Mund, bevor ich sie voller Hingabe weiterverwöhnte. Oh ja, sie war mein Gegenstück. Nach außen hin die liebe Prinzessin und innerlich eine verruchte Schlampe, die gefickt werden wollte. Sie begann sich unter mir zu winden, dann steckte ich noch einen Finger in sie und verdammt, sie war so fucking eng. Wie ich es mir gedacht hatte. Verdammte Scheiße, ich würde ihr Erster sein und nie mehr würde ich sie gehen lassen. Nun war sie *Mein*. Angestrengt ignorierte ich meinen Schwanz, der sich schmerzhaft gegen die Hose drückte. Er verlangte, endlich befreit zu werden. Allerdings ging es jetzt nur um *sie*. Ich spürte, wie ihr Innerstes meinen Finger melkte und alles in ihr pulsierte. Was würde ich nur dafür geben, wenn mein Schwanz nun in ihr stecken würde. Sie stöhnte laut, gab sich mir voll hin. Eine unfassbar schöne Eigenschaft, die nur die wenigsten Frauen besaßen. Es sah so gut aus, wie sie sich vor mir räkelte, ihre Brüste umfasste und knetete, als wenn sie in einem Porno mitmachen würde. Doch ich spürte, dass es echt war.

Sie kam hart.

Erschöpft brach Kaycee unter mir zusammen. Ich streifte ihr den Rock wieder über die Schenkel und half ihr vom Tisch. Ihre Beine waren wie Pudding. Fast wäre sie umgeknickt.

Genau das hatte ich gebraucht. Nachdem ich ihr den Stoff aus dem Mund genommen hatte, küsste ich sie ein letztes Mal zärtlich und wollte gehen. Mich um mein eigenes Problemchen kümmern. Plötzlich erhob sie ihre Stimme.

»Willst du jetzt wieder, ohne was zu sagen, verschwinden?«

»Ja, eigentlich schon. Soll ich bleiben, damit du mir danken kannst?«

»Du bist so unmöglich … Ich, ich … Ach egal, ich muss arbeiten.«

»Du *musst gar nichts*, wenn ich es nicht sage. Ich will, dass du morgen um achtzehn Uhr in meinem Büro bist, dann reden wir, verstanden? Du kannst jetzt weiter machen. Ach, Ms. Moore, einen Moment noch …«

Sie drehte sich zu mir um und sah mich ein bisschen niedergeschlagen an.

»Du wirst das hier mit *keinem* außer mir tun, verstanden?«

Schnaubend stapfte sie an mir vorbei und verließ das Zimmer. Ich lächelte triumphierend, weil ich wusste, dass sie mir gehorchen würde. Ihren feuchten Spitzenfetzen steckte ich in meine Jeanstasche. Den würde ich nachher noch brauchen.

KAPITEL 11

Kaycee

Er war echt ein Arschloch, das musste man so sagen. Meine Gedanken drehten sich trotzdem nur noch darum, was James dort auf dem Tisch mit mir angestellt hatte. Es war unglaublich gewesen. Ich fragte mich nur, wieso er das alles tat, wenn er doch Charlie hatte. Wahrscheinlich machte er das mit jeder, oder? Egal, ich sollte nicht so viel darüber nachdenken.

Gott sei Dank war meine Arbeitszeit nun vorbei und ich konnte nach Hause. Die ganze Zeit machte ich mir Sorgen darüber, was die anderen nun von mir dachten. Denn, dass James meine Kollegen aus dem Raum geschmissen hatte, musste einen ganz bestimmten Eindruck hinterlassen haben. Oh man … Mein Leben war so etwas von kompliziert, typisch für mich. Ich zog immer die Probleme an.

Zu Hause eingetroffen war es vier Uhr morgens. Ich wunderte mich, wieso bei uns noch Licht brannte, und beeilte mich daher, die Tür aufzuschließen. Casper lief mir schwanzwedelnd und fiepend entgegen und rannte dann wieder in Richtung Wohnzimmer. Verwundert ging ich ihm hinterher.

Meine Schwester lag auf der Couch und schlief anscheinend.

Sehr seltsam. Irgendetwas war hier merkwürdig.

Vorsichtig prüfte ich ihren Puls, der in Ordnung war. Vielleicht sollte ich sie einfach schlafen lassen, es musste ja nichts Schlimmes passiert sein. Wahrscheinlich machte ich mir zu viele Sorgen.

Ich schlich mich nach oben, zog mich aus und duschte heiß. Danach fühlte ich mich gleich besser und zudem viel frischer. Im Anschluss sah ich noch einmal nach Darina, die nun wach auf der Couch saß und mich anschaute. Mist, ich war wohl zu laut gewesen!

»Was war denn los? Wieso hast du hier geschlafen? Geht es dir nicht gut?«, bombardierte ich sie mit Fragen.

»Mir war vorhin ein bisschen übel, deshalb bin ich auf der Couch eingeschlafen. Jetzt geht es mir aber wieder besser, also alles halb so wild. Wie war dein Tag?«

»Er war … okay. Meinst du nicht, wir sollten lieber zum Arzt fahren?«

Sie schüttelte den Kopf.

»Nein, so schlimm war es nicht.«

So richtig konnte ich ihren Worten keinen Glauben schenken, doch ich ließ es auf sich beruhen. Ich küsste ihr auf die Stirn und wir gingen ins Bett. Hier, im dunklen Raum, begannen meine Gedanken, sich unaufhörlich zu drehen. Es war unglaublich mit James gewesen, aber auch angsteinflößend. Vor allem hatte ich ein ungutes Gefühl dabei, morgen wieder auf der Arbeit zu erscheinen. Die anderen würden sicherlich über mich reden. Ich brauchte diesen Job. Einen, der auch nur annähernd so gut bezahlt werden würde, wäre hier viel zu schwierig zu finden. Wir wohnten eben in einem kleinen ‚Dorf'.

Am nächsten Morgen ging ich herunter in die Küche, wo Darina saß und einen Orangensaft trank. Sie sah nicht gut aus. Vielleicht hatte sie sich eine Grippe eingefangen? Ihre Haut wirkte blass, ihre Lippen hell und sie hatte dunkle Augenringe.

»Guten Morgen, Süße. Wie geht´s dir?«, fragte ich Dina, woraufhin sie nur schwach lächelte.

»Ganz ok, denke ich. Heute Morgen war mir nur wieder übel. Ich habe schon beim Arzt angerufen und soll morgen mal vorbeikommen. Würdest du mit mir hinfahren?«

»Natürlich! Wann ist denn dein Termin?« Ich hoffte so sehr, dass es kein Rückschlag war. Dass sie nur ein wenig kränkelte. Innerlich zog sich alles in mir zusammen, doch nach außen hin versuchte ich, mir nichts anmerken zu lassen.

»Um zehn Uhr. Ich weiß, das ist sehr kurzfristig wegen deiner Arbeit. Zur Not kann ich auch mit dem Zug fahren.«

»Quatsch, das musst du nicht und das weißt du auch. Wir fahren morgen zusammen und danach gehe ich dann schlafen, wenn es dein Zustand zulässt«, sagte ich zu ihr, während ich sie in den Arm nahm und einmal fest an mich drückte. »Ich habe dich lieb, Darina.«

»Ich dich auch. Danke, dass du immer für mich da bist und alles für mich machst.« Sie gab mir einen Kuss auf die Wange.

Nachdem wir Frühstück gegessen hatten, setzten wir uns auf die Couch, sahen uns ein paar Folgen *Game of Thrones* an und fieberten beide total mit. Ich merkte, wie es Darina etwas besser ging und sie sich sichtlich entspannte. Leider musste ich mich langsam für die Arbeit fertig machen.

Stella wartete schon im Aufenthaltsraum des *Heavenly's* auf mich und sah mich erwartungsvoll an.

»Hey Kaycee, alles ok? Du siehst so niedergeschlagen aus.«

Nervös blickte ich mich um und versuchte, die Reaktionen meiner anderen Kollegen und Kolleginnen zu deuten. Ob sie mich verachteten? Mir wurde schlecht.

»Hi, na ja, jein. Darina geht's nicht so gut und wir müssen morgen zum Arzt. Ich habe ehrlich gesagt ein bisschen Angst davor. Ist bei dir alles okay?«

Mitfühlend sah sie mich an.

»Das tut mir leid, Süße. Ich hoffe, Darina hat nichts Schlimmes. Wenn ich dir helfen kann, sag mir bitte Bescheid, okay?« Ich nickte und Stella ergänzte: »Bei uns ist soweit alles gut.«

Dankend lächelte ich sie an und war wirklich froh, so eine tolle Person wie sie getroffen zu haben.

James

Gestern war glücklicherweise alles glatt gelaufen. Große Ladungen, die am Hafen eintrafen, gestalteten sich immer heikel. Zusammen mit meinen Männern hatte ich alles Weitere in die Wege geleitet und musste mir nun noch Gedanken machen, wie ich diesem Trottel Jason das Maul stopfen konnte. Er ging mir nicht nur seit langer Zeit auf die Eier, sondern wurde auch immer frecher. Ich konnte ihm das einfach nicht mehr durchgehen lassen. Die Leute durften bei mir keine noch so kleinste Schwäche entdecken und dafür würde ich alles tun. Irgendwie musste ich Jason zum Schweigen bringen. Wenn sich herumsprach, dass ich zu weich geworden war, würden mir mehr Idioten als nur Jason meinen Rang streitig machen. Schon jetzt freute ich mich auf den Tag, an dem der ganze Mist hier ein Ende finden und ich ein normales Leben führen können würde. Ich hasste diese ganze Scheiße.

Mein Vater hatte mir eine tolle Erbschaft hinterlassen. Drogen-, Waffen- und Menschenhandel. Fantastisch.

Bald, sehr bald, würde das alles vorbei sein.

Niemand mit funktionierendem Verstand konnte den Mist, der hier ablief, gut finden und unterstützen. Wie krank die Welt doch war. Ich spielte meine Rolle gut. Nur meine engsten Männer und Aiden wussten, dass es eine solche war.

Und Aiden würde dieses Geheimnis eher mit ins Grab nehmen, als mir in den Rücken zu fallen. Vieles in meinen Leben lief schief, doch man durfte nie aufgeben. Wer aufgab, hatte bereits verloren.

Genervt sah ich auf die Uhr.

Sie war zu spät und ich hasste es, zu warten. Wo blieb sie? 10 nach. Leise Schritte waren nun vom Flur zu hören und ich hoffte, dass es Kay sein würde.

Es klopfte.

Ich bat sie mit einem »Ja« herein und erkannte sofort, dass etwas nicht stimmte. Ihre Gesichtszüge wirkten … traurig.

»Was ist los?«, fragte ich sie energisch.

Sie druckste etwas herum, entschloss sich nach einer kurzen Stille jedoch dazu, mir zu antworten.

»Meiner Schwester geht es nicht so gut. Es kann sein, dass ich es morgen nicht pünktlich schaffe.« Ihre Stimme klang unsicher, als hätte sie Angst vor meiner Reaktion. Ich merkte, dass meine Gegenwart sie nervös machte, wahrscheinlich wegen gestern.

»Nimm dir den Tag einfach frei, okay?«

Ihre Augen weiteten sich. Dann blickte sie mich erleichtert an.

»Danke, das ist nett.«

»Komm her!« Eigentlich würde ich sie gerne über den Tisch beugen und vögeln, doch jetzt war offensichtlich nicht der richtige Zeitpunkt für so etwas. Aber vielleicht für etwas anderes? Während sie auf mich zukam, klapperten ihre High Heels auf dem Laminat. Ihr Rock war so verdammt kurz. Wieder regte sich mein Schwanz. Kurz vor mir blieb sie stehen. Ich zog sie zu mir herunter, so dass sie breitbeinig auf meinem Schoß saß. Beschämt blickte sie nach unten. Das sollte sie schnell aus ihrem Kopf bekommen. Ich umfasste ihre Haare am Hinterkopf und zog sie nach hinten, bis sie mir in die Augen sehen musste. Ihre smaragdgrünen Juwelen waren wunderschön. Ich drückte meine Lippen auf ihre und konnte einen Kokosgeschmack wahrnehmen, was mich zum Schmunzeln brachte. Wir waren uns wirklich ähnlich. Kokos war genau mein Ding. Mit meiner Zungenspitze fuhr ich über ihre Unterlippe und biss in diese hinein. Sie stöhnte in meinen Mund. »So gerne würde ich deine

Lippen an meinem Schwanz spüren. Ich kann an nichts anderes mehr denken«, raunte ich.

Kay wirkte erstaunt, aber nicht abgeneigt.

»Ich habe das noch nie gemacht.«

»Oh Kay … kein Problem, ich werde es dir zeigen. Geh auf die Knie, los!«

Sie tat, was ich sagte, rutschte von meinem Schoß und ließ sich unter dem massiven Schreibtisch nieder. »Öffne die Hose.« Ihre kleinen Hände fingen an, an Knopf und Reißverschluss zu hantieren. Schließlich sprang ihr mein Schwanz entgegen, da ich keine Unterwäsche trug. Mit geweiteten Augen sah sie zu mir hoch. Wahrscheinlich hatte sie Angst vor meiner Größe.

»Nimm ihn in den Mund, saug leicht dran.« Kurz darauf schlossen sich ihre geilen Lippen um meine Härte und ich dachte, ich sei im verdammten Himmel. Fuck, es fühlte sich verdammt geil an. Sie lutschte meinen Schwanz mit mehr Hingabe als alle anderen. Kay war perfekt. Ich knurrte, umfasste mit beiden Händen ihren Kopf und fickte sie in harten Stößen tief in die Kehle. Sie würgte und ich wurde unnachgiebiger. Tränen liefen ihre perfekten Wagen hinab. Das gab mir den Rest. Ihr Körper, der sich mir nicht widersetzte, sondern sich hingab, zeigte mir, dass sie das Ganze genauso erregte wie mich. Sie wollte es und sie liebte, dass ich mir nehmen konnte, was ich wollte. Ich fragte nicht, spritzte ihr nach einigen harten Stößen in den Rachen.

»Schluck es«, befahl ich, wobei sie das schon von allein tat. Ich brauchte mehr von ihr!

Genau in diesem Moment flog die Tür auf.

»Was soll das? Verpiss dich!«, rief ich dem Störenfried entgegen, der sich jedoch unbeeindruckt weiter in den Raum hereinwagte. Jason. Fuck, wie konnte man so ein Pech haben?! Ich rückte meinen Schwanz wieder an Ort und Stelle, schloss meine Hose, drückte Kay nach unten und signalisierte ihr so, dass sie dableiben sollte.

»Oh, gerade beschäftigt? Das tut mir gar nicht leid. Wer ist es? Lutscht sie auch mal meinen Schwanz?« Seine Latte drückte sich gegen seinen Hosenstall und mir entwich ein Knurren.

»Sicher nicht. Was willst du?«

Plötzlich veränderte sich seine Haltung und er verschränkte die Arme vor der Brust. »Oh, ich will das Gleiche wie immer: dass du mir meine Position zurückgibst!«

»*Deine* Position? Ich wüsste nicht, dass sie dir überhaupt einmal gehört hat. Es war schließlich mein Vater.«

»Ich war seine verdammte rechte Hand! Du bist viel zu weich für dieses Business. Es ist meine Aufgabe!«, wurde er nun lauter und wütender. Eine Ader an seinem Hals pochte. Seine Pupillen waren geweitet und seine Augen rot.

Ah, das erklärte einiges. Er hatte wieder seinen Stoff genommen.

»Verpiss dich. Nur über meine Leiche«, erwiderte ich entspannt, obwohl ich wusste, dass ich gewappnet sein musste. Er war unberechenbar, wenn er seine Drogen genommen hatte.

»James, ich bekomme *immer*, was ich will, und wenn ich dich dafür ausbluten lassen muss wie ein Schwein! Mir soll es recht sein.«

Er zog eine Waffe aus seiner Jackeninnentasche und zielte auf meine Brust. Fuck, damit hätte ich rechnen müssen. Kaycee atmete schwer, schien zu spüren, dass etwas schiefllief.

Jason entsicherte seine Waffe.

Ich durfte nicht zögern, musste handeln.

Unter der Tischplatte griff ich nach meiner Beretta, sah noch, wie Jason die Augen weitete, und schoss.

Zwar nur in die Hand, aber das sollte reichen. Die Waffe, die er bis eben festgehalten hatte, flog in die hintere Ecke des Raumes. Blut spritzte gegen die frisch gestrichene Wand meines Büros.

Erst nach einigen Sekunden tropfte die rote Flüssigkeit auf den Boden, hinterließ eine kleine Lache. Geschockt sah er mich an und versuchte, die Wunde abzudrücken. Seine Reaktionsfähigkeit ließ unter Drogeneinfluss wirklich zu wünschen übrig. Mein Glück.

»Verpiss dich jetzt, du machst meinen Boden dreckig! Nächstes Mal solltest du nicht stoned kommen. Dann hast du vielleicht auch eine Chance.« In seinen schwarzen Augen stand Zorn. Er würde mich wahrscheinlich am liebsten sofort unter die Erde bringen.

»Nächstes Mal wird deine Schlampe bezahlen, *James Torres*.« Er spuckte mir meinen Namen regelrecht entgegen.

»Welche? Deine Schwester? Das wird sie sicher sehr freuen«, verhöhnte ich ihn.

Ohne ein weiteres Wort verschwand er aus dem Zimmer. Seine Verletzung würde genäht werden müssen, auch wenn es sich um ein sauberes Einschussloch handelte.

Die Tür knallte in die Angeln, der Raum vibrierte.

Ich blickte herunter zu Kay, die zusammengekauert zwischen meinen Beinen saß. »Komm, er ist weg«, sagte ich leise zu ihr. Langsam fiel die Anspannung von mir ab. Kay zitterte vor Angst, als sie meine Hand griff und ich ihr hoch half. Ich zog sie auf meinen Schoß und streichelte über ihren Rücken, was gar nicht meine Art war.

»Lass es nicht zu nah an dich ran«, sagte ich. Ich spürte ihr Nicken an meiner Schulter.

Das hier war erst der Anfang.

Nach diesem Vorfall, nach Kaycees Reaktion darauf, wusste ich, dass sie die Richtige war. Sie musste es nur noch verstehen. Wahrscheinlich war sie aufgrund ihres eigenen beschissenen Lebens so hartgesotten und taff.

Sie kümmerte sich um ihre Schwester und, wie Stella mir nach langem Nachbohren erzählt hatte, war diese schwerkrank.

Aiden hatte sich sofort in sie verschossen und fragte mich andauernd, ob ich schon etwas Neues über sie wüsste, oder, ob wir die beiden einmal ganz *zufällig* treffen könnten. Ich kannte meine besten Freunde alle zu gut und wusste, dass Aiden genauso besessen von Darina war wie ich von Kay. Auch unser alter Freund Jaxon hing an seiner Jugendliebe.

Wir ähnelten uns sehr, waren alles kranke Arschlöcher, wobei Aiden zu den netteren von uns zählte. West, meine rechte Hand, spielte da in einer ganz anderen Liga. Er war ein wohlbehütetes Geheimnis und niemand kannte seine Geschichte, nicht einmal seinen verdammten Vornamen. Ein großer Vorteil, wenn man wie er drohte, wieder in der Klapse zu landen.

KAPITEL 12

Kaycee

Nach einigen Tagen hatte ich die Ereignisse einigermaßen verarbeitet. Der Geruch des Blutes hing zwar nach wie vor in meiner Nase, doch James hatte keine andere Wahl gehabt, als zu schießen. Ich war in eine andere Welt eingetaucht und wusste, auf was ich mich eingelassen hatte.

Und ich vermisste James.

Ob es richtig war, so für diesen Mann zu empfinden? Wir hatten nun schon so viel miteinander erlebt. Bei ihm konnte ich ich selbst sein, mich gehen lassen. Ich vertraute darauf, dass er mir nicht wehtat. Zwischen uns war etwas Besonderes.

Im Moment hatte ich allerdings nur meine Schwester im Kopf. Der Arzt hatte nach einigen Untersuchungen herausgefunden, dass Darina unter einem Geschwür im Magen litt. Deshalb ging es ihr so schlecht. Laufend musste sie sich übergeben, konnte kein Essen bei sich behalten. Sie sollte sich nun viel ausruhen und entsprechende Tabletten einnehmen, damit sich ihr Magen wieder beruhigte. Auf der Arbeit ließ ich meinen Frust bei Stella ab und erzählte ihr, was bei uns los war. Das schuldete ich ihr auch, nachdem ich auf keine einzige ihrer Nachrichten reagiert hatte. Ich wusste, dass sie es nur gut meinte, war aber einfach nicht in der Lage dazu gewesen und hatte zuerst meine Gedanken sortieren müssen. Jetzt plapperte ich allerdings wie ein Wasserfall.

Stella verstand mich, nahm mich in den Arm. Ich musste meine gesamte Kraft aufbringen, um nicht sofort in Tränen auszubrechen.

»Oh man, das tut mir alles so leid. Ich hoffe, es geht ihr bald besser! Vielleicht könnte ich euch mit Mina besuchen kommen? Nur, wenn es Darina nicht zu viel wird.«

»Ich denke, das ist eine gute Idee. Darina freut sich immer über Besuch. Ich kann euch auch abholen, wenn du möchtest«, bot ich an, weil ich wusste, dass Stella Autofahren hasste, genauso wie Darina.

»Nein, das wäre zu viel Stress für dich. Ich frage einfach James oder Aiden, die beiden machen das sicher nur zu gerne. Übrigens fragt Aiden andauernd nach Darina und ich weiß gar nicht, was ich ihm immer sagen soll.«

Verzückt lächelte sie mich an.

»Das ist echt witzig. Darina ist auch ziemlich begeistert vom ihm und schwärmt unentwegt. Vielleicht solltest du ihn mitbringen.« Wir planten noch ein wenig und verabredeten uns schließlich für den morgigen Tag gegen vierzehn Uhr.

Ich konnte es kaum abwarten.

Der Arbeitstag verging ereignislos, was ich irgendwie schade fand. Ich hatte wirklich gehofft, James endlich wiederzusehen und sehnte mich nach seiner Nähe. Gerade befand ich mich auf dem Weg zur Umkleide, wollte meine Sachen holen. Ich war unendlich müde. Leise ging ich den Flur entlang. Aus James Büro trat plötzlich ein ziemlich furchteinflößender Typ heraus. Er war riesig, ziemlich breit gebaut und trug dunkle Klamotten. Was mir gleich auffiel, war seine Tätowierung am Hals. Ein Skorpion. Daneben befand sich ein Totenkopf. Dieses Bild hatte ich auch schon auf James Arm gesehen. Ein Schädel, dessen Augen aus Diamanten waren. Es musste das Logo ihrer Organisation sein. Ich ging langsam immer mehr zur Wand, um ihm Platz zu machen, aber er lächelte und kam direkt auf mich zu.

»Na Püppchen, willst du zum Big Boss und ihm den Schwanz lutschen? Das kannst du bald auch bei mir machen, wenn ich hier das Sagen hab´«, sagte er zu mir, umfasste meinen Hals mit seiner riesigen Pranke und keilte mich zwischen seinem Körper und der Wand ein. Ich erkannte seine Stimme, sah den weißen Verband an seiner anderen Hand. Es war der Mann, auf den James im Büro geschossen hatte. Ein Glück hatte ich diese Szene nicht gesehen und nur gehört!

Panik stieg in mir auf. Ich gab ihm eine schallende Ohrfeige – eine Kurzschlussreaktion. Er ekelte mich einfach an!

»Du kannst dir deinen dreckigen Schwanz selbst lutschen, du Arsch. Jetzt lass mich los.«

Alles danach geschah wie in Zeitlupe. Blitzschnell drückte er meine Hände auf den Rücken, hielt diese mit der einen Hand wie in einem Schraubstock gefangen, fasste mit der verbundenen Hand nach meiner Kehle und drückte kräftig zu.

»Sei nicht so frech, du weißt anscheinend nicht, mit wem du redest. Ich verstehe allerdings so langsam, was er an dir findet. Du bist anders. Vielleicht sollte ich dich auch mal *probieren*, da du ja gerade so schön wehrlos bist.«

Hilfesuchend sah ich mich um, doch niemand war hier. Ich spürte, wie er an meinem Rock herumnestelte und seine Hand zwischen meine Beine schob. Mir wurde übel. Es fühlte sich falsch an, alles in mir sträubte sich! Mit aller Kraft versuchte ich, mich zu widersetzen, aber es ging nicht. Ich war zu schwach. In meinen Augen sammelten sich Tränen. Was sollte ich tun? Wie konnte ich dieser Situation entkommen? Inzwischen drückte er mich so hart an die Wand, dass ich kaum noch Luft bekam.

»Na Süße? Jetzt kannst du auf einmal deine Klappe halten? So mag ich es!« Er führte die Hand von meiner Kehle zu meinem Mund und presste sie fest auf ihn, wohl, um meine ängstlichen Laute zu dämpfen.

Nicht einmal um Hilfe rufen konnte ich! Verdammte Scheiße, es gab keinen Ausweg. Ich wollte heulen und schreien wie noch nie. Doch es wurde noch schlimmer. Seine schmierige Hand glitt an meinen Oberschenkel hinauf, zog an meinem Slip und riss ihn mir vom Leib. Als mein Peiniger seine widerwärtigen Finger in mich stecken wollte, geschah alles gleichzeitig. Eine Tür flog auf, der Typ wurde von mir weggezogen und ich hörte, wie Knochen brachen. Eilig richtete ich meinen Rock und drehte mich um. Meine Beine versagten und ich fiel auf die Knie. Was ich sah, freute mich einerseits und machte mir andererseits Angst. James hatte dem Widerling die Nase gebrochen und hielt ihm gerade eine Pistole an den Kopf. Die Spannung, die in der Luft lag, war erdrückend. James sagte leise etwas zu seinem Kontrahenten, was ich nicht verstand. Beide blickten sich in die Augen, ehe James noch einmal ausholte und ihm einen heftigen Schlag mit der Pistole mitten ins Gesicht verpasste. Ein Schwall Blut schoss aus der Nase des Widerlings und ich schrie auf.

Zwei Männer, die anscheinend so etwas wie Bodyguards von James waren, stürmten herbei, packten den Typen an den Oberarmen und nahmen ihn mit. Ein letztes Mal drehte er sich zu mir um, lächelte mich schmierig und mit blutigen Zähnen an. Ich konnte mich keinen Millimeter bewegen, war bis auf die Knochen erschüttert.

Stella kam plötzlich um die Ecke, sah geschockt auf James Hände, die voller Blut waren, und die Pistole. Danach blickte sie zu Boden, wo mein zerrissener Slip neben mir lag. Sie weitete die Augen, rannte auf mich zu, griff nach dem Slip, zog mich am Arm in James Büro und schloss die Tür.

»Scheiße, verdammt, was ist passiert? Rede, Kaycee. Sag mir, dass nicht das passiert ist, was ich glaube«, rief Stella völlig durch den Wind.

Ich war immer noch so überfordert, dass ich kaum ein Wort herausbrachte.

»Es … Es ist nichts passiert. James kam rechtzeitig …«, stotterte ich.

Nur wegen James war ich dieser Vergewaltigung entgangen. Ich sah zum Schreibtisch. Auf dem Bildschirm vom PC waren die Aufnahmen einer Überwachungskamera zu erkennen. Sie zeigten den Flur. Und James. Gerade sprach er dort mit den zwei Männern, die den Typen herausgebracht hatten. Wütend gestikulierte er in der Luft herum. Er hatte die Hände zu Fäusten geballt. Schlug auf eine Wand ein, was den Putz bröckeln ließ.

Stella nahm meine Hand und führte mich ins Bad, das direkt an das Büro grenzte. Sie half mir, mich auszuziehen. Es war mir egal. Mich störte es nicht einmal, dass sie mich nackt sah. Anschließend stieg ich unter die Dusche und spülte mir mit heißem Wasser den Geruch des Typen ab. Dabei schrubbte ich sehr gründlich. Jede Stelle, die er berührt hatte. Als ich nach zehn Minuten aus der Dusche trat, fühlte ich mich besser.

Stella hatte mir eine Jogginghose sowie ein T-Shirt bereitgelegt, in die ich schnell hineinschlüpfte. Es klopfte an der Tür. Stella trat ein, sagte nichts und nahm mich tonlos in den Arm. Ich spürte ihre Angst und vor allem ihr Mitgefühl.

Nach einiger Zeit gingen wir hinaus und sie brachte mich zum Auto, aber nicht, ohne nochmals zu fragen, wie es mir ging. Sie war ein sehr fürsorglicher Mensch. Tatsächlich ging es mir besser … Denn James hatte mit seinem Eingreifen schon wieder Schlimmeres verhindert und es war ja zum Glück nicht mehr passiert …

Ich wollte ins Auto steigen, da öffnete sich die Hintertür des *Heavenly's* und James trat heraus. Kein Blut klebte mehr an seinen Händen. Er hatte ein neues T-Shirt und frische Jeans an. Seine Augen wirkten düster. Er kam auf Stella und mich zu, die noch immer am Auto mit mir wartete.

Als ich einsteigen wollte, sagte James: »Wo willst du hin? Du fährst nach diesem Schock jetzt sicher nicht allein nach Hause. Schließ das Auto ab und lass es hier stehen, ich fahre dich.«

Dann wandte er sich an Stella und sprach zu ihr.

»Dich nehmen wir auch mit, ich setze dich ab. Ich habe echt keine Lust auf noch mehr Probleme heute Abend.«

Vielleicht wäre es wirklich besser, nicht selbst zu fahren. Auch, wenn es nicht einmal vierzig Meilen waren. Ich konnte und wollte nicht widersprechen, gehorchte also, schloss meinen BMW wieder ab und steckte den Schlüssel in meine schwarze Handtasche. Unsicher legte mir Stella eine Hand auf die Schulter.

»Wollen wir es denn bei morgen belassen? Ich habe Aiden bereits gefragt und er würde uns auf alle Fälle fahren.«

»Ja, ich denke, die Ablenkung tut Darina und mir gut. Aber bitte behalte das für dich … also, was heute passiert ist.« Ich konnte es einfach nicht aussprechen. Stella nickte.

»Es tut mir so leid, Kay.«

»Das muss es nicht, du kannst nichts dafür.« Nachdem ich sie noch einmal fest an mich gedrückt hatte, folgten wir James, der uns zum Vordereingang des Clubs führte. Zum schwarzen Mercedes, der bei mir in der Straße geparkt hatte! Was hatte er in meiner Gegend gemacht? Wahrscheinlich war es nur ein Zufall gewesen, oder nicht? Zielstrebig öffnete Stella eine der hinteren Türen und setzte sich hinein. Ich sah mich verunsichert um, wusste nicht wohin mit mir.

»Steig vorne ein«, sagte James bestimmend und sorgte auf diese Weise dafür, dass ich nicht mehr wie ein hilfloses Etwas dastand.

Schnell ließ ich mich auf dem weichen Leder des Beifahrersitzes nieder. Das Auto roch so neu, wie es aussah, und ich fühlte mich gleich wohl. Meine Finger strichen leicht über die bequemen Polster. Wirklich komfortabel.

James startete das Auto, legte den Gang ein und fuhr los. Der Motor schnurrte laut, was ein Zeichen für die vielen Pferdchen unter der Motorhaube war. Zuerst brachten wir Stella nach Hause. Wir verabschiedeten uns voneinander und ich sagte noch zu ihr, dass ich mich sehr auf den morgigen Tag freuen würde.

Dann ging sie zur Haustür und verschwand aus unserem Sichtfeld.

Nun war ich das erste Mal länger mit James allein und das auf engstem Raum. Es fühlte sich irgendwie vertraut an.

Während der Fahrt schwiegen wir uns zunächst an. Ich wusste nicht, wie ich mit ihm reden sollte, vor allem nicht nach dem heutigen Tag. Aber es war keinesfalls unangenehm. James hatte mich vor einer Vergewaltigung bewahrt und das würde ich ihm nie vergessen.

»Danke für heute«, flüsterte ich schließlich.

Kurz sah er zu mir herüber und hob die Braue.

»Dafür nicht. Am liebsten hätte ich ihm die Eier abgerissen und in sein Maul gestopft. Er kann froh sein, dass du danebengestanden hast, sonst wäre er nicht so unversehrt davongekommen. Wie geht´s dir wirklich?«

»Mir geht es gut. Es ist ja nichts passiert, weil du rechtzeitig eingegriffen hast.« Ich knetete meine Hände und ergänzte zögerlich: »Klar, ein bisschen Angst habe ich schon, gleich allein mit meinen Gedanken zu sein … oder noch schlimmer, davon zu träumen«.

Er überraschte mich, als er nach meiner Hand griff, sie in seine nahm und auf seinen Schoß zog.

»Ich bleibe bei dir, wenn du das möchtest.« Acht Wörter, die meine Welt ins Wanken brachten.

Ich wusste nicht, was ich dazu sagen sollte. Mal wieder. Wollte ich, dass James Torres, mein eigener Chef, heute Nacht bei mir blieb? Ich war mir sicher, dass er mir nichts tun und die Lage auch nicht ausnutzen würde. Doch über diesen Punkt waren wir längst hinaus! Meine Gedanken schweiften ab und ich erinnerte mich an die Aussage des Widerlings, daran, dass er bald das Sagen hätte. James hatte ihm eiskalt in die Hand geschossen, verdammt! Er konnte so ein Arsch sein und doch verhielt er sich mir gegenüber fast immer nett. Manchmal abweisend, ein bisschen bevormundend – aber er hatte mir noch nie wehgetan. Wieso schreckte mich seine Persönlichkeit, seine Skrupellosigkeit nicht ab? Ich hatte nicht im Geringsten Angst vor ihm.

Mir war bewusst, dass im Club krumme Dinge abliefen. Stella betonte jedoch immer wieder, dass es nicht so sei, wie es aussah. Konnte ich James wirklich vertrauen? Wenn er es gewollt hätte, wäre ich wahrscheinlich schon längst tot. Ich sollte aufhören, mir so viele Gedanken zu machen. In diesem Augenblick merkte ich, wie er meine Hand sanft drückte.

»Zerbrich dir nicht deinen schönen Kopf.« Einen Moment lang beobachtete ich diesen Mann, der so undurchschaubar war. Konzentriert schaute er nach vorne, hatte die Stirn in Falten gelegt. Trotz seiner zwei Seiten fühlte ich mich zu ihm hingezogen.

Als wir kurz darauf ankamen, parkte James den Mercedes vor der Garage. Ich ging vor, öffnete die Tür und zeigte James das Wohnzimmer. Es war bereits sechs Uhr morgens.

»Mach es dir gemütlich, ich geh nur gerade einmal kurz nach meiner Schwester sehen.«

Leise schlich ich mich in Darinas Zimmer, in dem noch immer der Fernseher lief. Meine Schwester schlief tief und fest. Ich ahnte, dass sie versucht hatte, auf mich zu warten. Wahrscheinlich war die Müdigkeit aber größer gewesen. Ich drückte ihr einen Kuss auf die Stirn und schloss leise die Tür hinter mir.

Dann atmete ich tief durch. Der Weg die Treppe herunter zu James, war, als würde ich die Höhle des Löwen betreten. Stattdessen erwartete mich etwas ganz anderes. James hatte auf unserer Couch Platz genommen, streichelte Casper, massierte sein Nackenfell und kraulte ihn kräftig. Wo war Casper denn jetzt hergekommen? Bis eben hatte er noch in seinem Körbchen weitergeschlafen. Nicht gerade Wachhundqualitäten. Jetzt aber saß unser eigentlich so scheuer Hund treudoof vor James Torres und ließ sich verwöhnen. Dafür, dass Casper Fremden gegenüber misstrauisch gewesen war, schien er mittlerweile sehr umgänglich. Vielleicht auch nur bei den richtigen Personen. Ich lächelte die beiden an und freute mich, dass sie sich so gut verstanden.

»Möchtest du etwas trinken? Oder essen?«, fragte ich James.

»Ein Wasser, danke. Ist bei deiner Schwester alles okay?«

»Ja, sie hatte anscheinend auf mich gewartet, aber sie schläft jetzt tief und fest.«

Ich füllte James ein Glas Wasser und stellte es vor ihm auf dem Couchtisch ab. Dann ging ich zur Terrassentür und rief nach Casper, damit er sein Geschäft erledigen konnte, bevor wir schlafen gingen. Die Tür ließ ich offenstehen. Zurück auf der Couch wusste ich nicht so recht, was ich machen sollte. In seiner Gegenwart war ich immer so unbeholfen. Er jedoch schlang seinen Arm um mich und zog mich zu ihm heran. An seine Brust gelehnt konnte ich seinen männlichen Duft wahrnehmen. Er roch so gut, dass ich leise aufseufzte. Ich kuschelte mich noch dichter an ihn und merkte, wie ich mich innerlich entspannte. Irgendwie passten wir zusammen, das hatte ich bereits beim ersten Mal gespürt.

Wir lagen eine ganze Zeit so beisammen und langsam wurde es ziemlich kalt im Wohnzimmer. Also quälte ich mich vom Sofa hoch und schaute, wo Casper war. Leichte Panik kam in mir auf, als ich ihn draußen nirgends sah, bis mein Blick auf sein Körbchen fiel, in dem er bereits wieder selig schlafend lag. Schnell schloss ich die Tür, um der kühlen Luft Einhalt zu gebieten. Mein grummelnder Magen erinnerte mich plötzlich daran, dass ich seit heute Mittag nichts mehr gegessen hatte.

»Ich mach uns mal schnell ein paar Nudeln.«

In der Küche bereitete ich fix eine Portion Mac´n´Cheese zu. Es dauerte wirklich nur fünfzehn Minuten, dann schob ich den Auflauf in den Ofen. Ich war so mit mir beschäftigt, dass ich nicht bemerkte, wie James die ganze Zeit am Tresen gesessen und mich beobachtet hatte. So ein komischer Kauz. Ich grinste schief, runzelte die Stirn.

»Komm schon her zu mir, Kay.«. Dieser Spitzname. Es fühlte sich gut an, dass er mir einen gab. Als sei ich etwas Besonderes für ihn. Bevor ich etwas erwidern konnte, stand er auf und hatte mich erneut in eine feste Umarmung gezogen.

»Denk nicht so viel darüber nach, sonst fressen dich die Dämonen auf. Du bist eine Kämpferin, oder?«, flüsterte er mir leise ins Ohr. Er hatte ja recht. Es war nichts passiert und ich dankte Gott – und ihm – dafür. Trotzdem fühlte ich mich einfach dreckig und benutzt. Dieser Jason hatte seine widerlichen Finger an meiner Vulva gehabt. Es war abartig.

In seinen Armen liegend kamen plötzlich alle Gefühle hoch, die ich so lange immer wieder unterdrückt hatte. Der Tod meiner Eltern, Darinas Krankheit, Charlies Verlogenheit und der Missbrauch, der mir beinahe angetan worden wäre. Es tat so verdammt weh. Ich spürte, wie sich Tränen ihren Weg in meine Augen bahnten. Warum passierte mir nur so etwas? Warum, verdammt, traf es immer mich und Darina? Ich merkte gar nicht mehr, was um mich herum passierte. Meine Umgebung schien plötzlich schwarz und trüb, als wenn ich in einer Blase stecken und nie wieder herauskommen würde. Ich musste doch kämpfen! Was machte Darina ohne mich, wenn ich zerbrach? Sie hatte nur mich und ich musste alles dafür tun, meiner Schwester zu helfen. Sie *brauchte* mich! Meine Gedanken wurden klarer, freier. Anscheinend waren nur ein paar Minuten vergangen, obwohl sie sich wie Stunden angefühlt hatten. Nach wie vor stand ich in der Küche, fand mich im sanften Griff von James Torres wieder. Langsam trat ich einen Schritt zurück und war mir wie immer unsicher, was ich jetzt tun sollte. Das nervte mich ungemein. Ich hatte eben keine Erfahrung mit Männern und woher sollte ich mein Selbstbewusstsein nehmen? James zog die Brauen zusammen, sah mich eindringlich an. Seine Augen spiegelten meine Gefühlslage wider und das machte mich nervös. Konnte er mir in die Seele schauen? Oder hatte er eine genauso kaputte Seele wie ich? Es waren immer die gleichen Fragen, die ich mir stellte. Hoffentlich würde ich irgendwann eine Antwort auf sie bekommen.

Ich räusperte mich leise.

»Sorry für meinen Gefühlsausbruch, aber es ist irgendwie alles sehr viel für mich momentan. Du musst wissen, meine Eltern sind beide erst vor kurzem gestorben und meine Schwester hat Krebs. Ich weiß einfach nicht, wie ich das alles allein schaffen soll. Wir haben hier niemanden, außer uns beiden, und es ist einfach unglaublich schwer …«.

Mich wunderte es selbst, dass ich so offen zu James war, doch irgendwo in meinem Inneren wusste ich, dass ich ihm vertrauen konnte. Dass er ein guter Mensch war. Nach außen hin wirkte er wie ein Bad Boy. Wenn man ihn dann aber im Umgang mit Mina oder Casper beobachtete, blieb einem einfach nichts anderes übrig, als an seinen weichen Kern zu glauben.

»Ich verstehe dich, Kay. Du musst dir keine Sorgen machen, dass ich dich verurteile. Und *niemals* musst du dich bei mir entschuldigen, für gar nichts«, sagte James.

Ich lächelte ihn an und spürte, wie eine schwere Last von meinen Schultern fiel. In der Regel vermied ich es, meine schwache Seite zu zeigen. Bei ihm musste ich sie nicht verbergen.

Der Handywecker klingelte, holte uns in die Realität zurück. Hastig stellte ich ihn aus, flitzte zum Ofen und kümmerte mich um die Mac'n'Cheese. Wir setzten uns an den Tisch und aßen den Auflauf, ohne zu reden. Es war eine angenehme Stille, keine bedrückende.

Langsam merkte ich, wie es mir besser ging und meine Dämonen, die mich verfolgten, wieder losließen. Nicht komplett, aber immerhin so, dass ich wieder frei atmen konnte. Da ich nicht mit James in meinem Schlafzimmer schlafen wollte, weil sich das irgendwie zu intim anfühlte, holte ich Bettdecken und Kissen von oben herunter und zog die Couch aus. Schließlich schaltete ich den Fernseher ein.

»Möchtest du etwas Bestimmtes schauen?«

»Mach doch einen *Disney* Film an, die machen immer glücklich«, sagte er und schmunzelte.

»Wie kommst du darauf?«, fragte ich lachend.

»Mina und Stella. Immer, wenn einer von ihnen traurig ist, gibt es diese Filme. Prinzen in silberner Rüstung, du weißt schon.«

Unwillkürlich musste ich lachen und suchte *Die Schöne und das Biest* aus unserem DVD-Regal.

Bevor wir den Film einschalteten, verschwand James kurz im Bad.

Als er nur mit Boxershorts bekleidet ins Wohnzimmer zurückkehrte, blieb mir augenblicklich die Luft weg.

KAPITEL 13

James

Es gefiel mir, wie Kay der Atem stockte, als sie mich mit großen Augen betrachtete. Natürlich wusste ich, welchen Anblick ich für sie bot. Mein ganzer Oberkörper war übersäht mit Tattoos und das nicht nur, weil es gut aussah. Ich verbarg etwas, von dem ich aber wusste, dass es niemandem auf dem ersten oder zweiten Blick auffallen würde. Auch Kaycee nicht. Jedenfalls hoffte ich es. Ich legte mich neben sie auf die Couch und drängte mich unter ihre Decke, anstatt mir eine eigene zu nehmen, ehe ich nach der Fernbedienung griff, auf »Play« drückte und sie in meinen Arm zog.

Ihr kleiner, zarter Körper passte perfekt zu meinem und sie roch einfach nur fantastisch. Tief atmete ich durch und sog ihren Duft in meine Lunge, damit er am besten für immer bei mir blieb oder an mir haftete. Blumig, Kokos und nach Frau.

Dann überraschte sie mich, indem sie den Kopf auf meiner Brust bettete. Sie brauchte anscheinend die Nähe und ich war mehr als bereit, ihr diese zu geben. Es machte mich fertig, wie sehr Kaycee unter diesem ganzen Mist litt und, dass sie so zerstört war. Doch ich würde ihr helfen und dann würde alles gut werden. So hoffte ich zumindest. Was Jason ihr angetan hatte, war unverzeihlich. Das würde keinesfalls ungestraft bleiben. Er sollte genauso leiden wie Kaycee.

Das war mein erstes Versprechen an sie und ich hielt *immer*, was ich versprach. Ich sah Kaycee an, die auf meiner Brust ruhte, und konnte nicht fassen, wie wunderschön sie war.

Kaycee

Es war total beruhigend, so dazuliegen, und irgendwie machte es mich glücklich. Im Hintergrund spielte die Musik von *Die Schöne und das Biest,* was Kindheitserinnerungen weckte. Ich betrachtete James und seinen Körper, der mit Tattoos übersäht war. Immer wieder stach mir der Totenkopf auf seinem Arm ins Auge. Auf seiner einen Brust prangte ein Galgen, darunter befanden sich unzählige Linien. Wie eine Art Strichliste. Auf seiner anderen Brust waren ein Rosenkranz und ein Spruch in einer fremden Sprache abgebildet, die ich nicht verstand. Mit meinem Finger fuhr ich die schwarzen Zeichnungen nach und spürte, dass seine Haut an einigen Stellen uneben hervorstand. Teilweise fühlte sie sich vernarbt an. Als James näherkam, hatte ich sofort gesehen, was er mit diesem Körperschmuck überdeckte: Unzählige Narben zierten seinen Oberkörper. Es ging mich nichts an und, wenn er es mir erzählen wollte, würde er es irgendwann bestimmt von selbst machen. Aber jetzt hatte ich noch mehr Gewissheit, dass irgendetwas nicht stimmte. Ich sah erneut in seine sturmblauen Augen.

»Danke für alles, was du bisher für mich getan hast. Es bedeutet mir unglaublich viel.«

Dann küsste ich ihn.

Es war das erste Mal, dass ich die Initiative ergriff. Es war einfach wundervoll. Erst so zart wie die Flügel eines Schmetterlings, aber als sich unsere Lippen wieder und wieder berührten, wurde es immer intensiver und stürmischer. Ich schmeckte Pfefferminz an seinen Lippen und allein dieses Gefühl war einfach berauschend. Vorsichtig strich ich über seine Brust und wanderte mit meinen Fingerspitzen langsam nach unten zu seinem Bauch. Er hatte eine Menge Muskeln und es fühlte sich unglaublich an. Ich erkannte mich selbst kaum wieder, denn ich war immerhin noch blutige Anfängerin und James schon so erfahren. Doch bei ihm fielen all diese Sorgen von mir ab. Daher zögerte ich nicht mit meinen Berührungen und bewegte die Hand wieder etwas nach oben. Ich wollte seine Zustimmung. Auf einmal löste er die Lippen von meinen und lächelte.

»Mach das, was du tun wolltest, Kay. Es muss dir nicht unangenehm sein. Bei mir niemals.«

Behutsam streichelte er über meine Wange und küsste mich erneut.

Durch seinen Zuspruch wurde ich wieder mutiger und ließ die Hand tiefer wandern. Ich hatte keine Ahnung, was ich hier eigentlich tat, aber es fühlte sich so gut, so richtig an.

Seine Hände umfassten meine Brüste. Er ließ seine Finger sanft um einen meiner Nippel kreisen, was mir sofort eine heiße Welle in meine Mitte jagte. Mutig schob ich meine Hand in seine engen Boxershorts und stöhnte leise auf, als ich seinen riesigen und bereits steifen Schwanz in der Hand hielt. Die Haut fühlte sich seidig weich an und er war so verdammt hart, dass es bestimmt wehtun musste. James hatte sich beim ersten Mal nur um mich gekümmert und ich wollte mich für meine Rettung bedanken. Ich hatte zwar immer noch nicht wirklich Ahnung von dem, was ich plante zu tun, doch ich wollte ihn erneut kosten. Daher brach ich den Kuss ab, bevor ich ihm seine Boxershorts herunterzog. Sein Schwanz sprang mir regelrecht entgegen und lechzte nach meiner Aufmerksamkeit. Ich leckte über seine Erektion und nahm ihn dann vorsichtig in den Mund. Er schmeckte leicht salzig und roch nach Moschus. Unter meinen Berührungen wurde sein Penis noch härter. So recht wusste ich nicht, was ich tun sollte. Beim letzten Mal hatte er von Anfang an die Führung übernommen. Schließlich umfasste er vorsichtig meinen Nacken und zeigte mir, wie er es mochte, bestimmte den

Rhythmus, in dem ich meinen Kopf auf und ab bewegte. Ich lernte schnell, wie er verwöhnt werden wollte. Prägte mir ein, was seine Atmung durcheinanderbrachte und ihm ein Knurren entlockte. Als er kurz vorm Kommen war, raunte er:

»Willst du, dass ich dir in wieder in deinen süßen Mund spritze? Hat es dir im Büro so gut gefallen?«

Ja, das hatte es. Mir gefiel es, ihn auf diese Weise zu befriedigen und es war Belohnung genug, wenn er in meinem Mund kam. Also machte ich weiter, gab mir noch mehr Mühe und erhöhte mein Tempo. Dann konnte er sich nicht mehr zurückhalten. Sein gesamter Körper verkrampfte, sein Schwanz pulsierte und ich schmeckte ihn. Nachdem ich sein bestes Stück wieder in seiner Boxershorts verpackt hatte, kuschelte ich mich an ihn. Zum Glück war es so dunkel im Raum, dass ich meine feuerroten Wangen verstecken konnte.

Aber James ließ nicht locker und hob sachte mein Kinn an, damit ich ihn ansah. Zu meiner Verwunderung sagte er nichts, sondern küsste mich stürmisch weiter, als wäre er ein Verdurstender und ich seine einzige Wasserquelle.

James berührte mich mit seinen Händen überall an meinem Körper und es machte mich wahnsinnig, noch länger diesen Gefühlen ausgesetzt zu sein. Plötzlich zog er mein Top hoch und saugte an meinem Nippel, während er zeitgleich seine Hand in meine Hose gleiten ließ. Er umkreiste meine Perle, die schon feucht war, mit seinem Daumen und drang ohne Vorwarnung mit zwei Fingern in mich ein.

Es war ein ungewohnter Druck und ich fühlte mich, als würde ich zerspringen. Es war phantastisch, was er da mit mir anstellte. Als wir uns wieder küssten und er das Tempo erhöhte, zuckte ein Stromschlag durch mich hindurch und ich sah Sterne vor meinen Augen tanzen. Erschöpft seufzte ich auf und ließ mich fallen.

Kurze Zeit später driftete ich in einen seligen Dämmerzustand ab.

KAPITEL 14

Kaycee

Ich wachte auf, weil aus der Küche Geräusche zu hören waren, die ich nicht zuordnen konnte. Als ich langsam die Augen öffnete und aufstand, sah ich James am Herd stehen und Darina am Tresen sitzen. Beide unterhielten sich und lachten miteinander. Casper saß zwischen den beiden, wedelte aufgeregt. Es war ein schöner Anblick. Dass sich die beiden so gut verstanden, freute mich unheimlich. Ich machte mich fertig und plante, das Wohnzimmer wieder in seinen Urzustand zu versetzen. Allerdings war es bereits wieder sauber und ordentlich. Nur die Decken und Kissen aus meinem Schlafzimmer lagen noch zusammengelegt auf der Couch. In der Küche deckten die zwei gerade den Esstisch. Oh man, James war wirklich eine Augenweide.

»Guten Morgen«, zwitscherte ich und grinste bis über beide Ohren. »Ihr wart ja schon fleißig und es riecht hier so gut.«

James lächelte mich an und Darina murmelte: »Guten Morgen? Eher Mittag, liebste Schwester. Schau mal auf die Uhr! Stella, Mina und Aiden kommen gleich zum Brunch!« Bei Aidens Namen strahlten ihre Augen noch heller. Hoffnungslos verknallt also.

Okay, das hatte ich mir schon gedacht. Darina sah jedenfalls viel besser aus als gestern. Anscheinend hatten die Tabletten gewirkt. »Oh, stimmt ja. Ich helfe gleich mit. Darina, geht's dir heute besser?«

Rhythmus, in dem ich meinen Kopf auf und ab bewegte. Ich lernte schnell, wie er verwöhnt werden wollte. Prägte mir ein, was seine Atmung durcheinanderbrachte und ihm ein Knurren entlockte. Als er kurz vorm Kommen war, raunte er:

»Willst du, dass ich dir in wieder in deinen süßen Mund spritze? Hat es dir im Büro so gut gefallen?«

Ja, das hatte es. Mir gefiel es, ihn auf diese Weise zu befriedigen und es war Belohnung genug, wenn er in meinem Mund kam. Also machte ich weiter, gab mir noch mehr Mühe und erhöhte mein Tempo. Dann konnte er sich nicht mehr zurückhalten. Sein gesamter Körper verkrampfte, sein Schwanz pulsierte und ich schmeckte ihn. Nachdem ich sein bestes Stück wieder in seiner Boxershorts verpackt hatte, kuschelte ich mich an ihn. Zum Glück war es so dunkel im Raum, dass ich meine feuerroten Wangen verstecken konnte.

Aber James ließ nicht locker und hob sachte mein Kinn an, damit ich ihn ansah. Zu meiner Verwunderung sagte er nichts, sondern küsste mich stürmisch weiter, als wäre er ein Verdurstender und ich seine einzige Wasserquelle.

James berührte mich mit seinen Händen überall an meinem Körper und es machte mich wahnsinnig, noch länger diesen Gefühlen ausgesetzt zu sein. Plötzlich zog er mein Top hoch und saugte an meinem Nippel, während er zeitgleich seine Hand in meine Hose gleiten ließ. Er umkreiste meine Perle, die schon feucht war, mit seinem Daumen und drang ohne Vorwarnung mit zwei Fingern in mich ein.

Es war ein ungewohnter Druck und ich fühlte mich, als würde ich zerspringen. Es war phantastisch, was er da mit mir anstellte. Als wir uns wieder küssten und er das Tempo erhöhte, zuckte ein Stromschlag durch mich hindurch und ich sah Sterne vor meinen Augen tanzen. Erschöpft seufzte ich auf und ließ mich fallen.

Kurze Zeit später driftete ich in einen seligen Dämmerzustand ab.

wollte, war er doch bisher der Einzige, der mein Herz zum Rasen brachte.

Und das musste etwas bedeuten.

Ich nickte.

»Stimmt, manchmal muss man etwas riskieren. Ich habe halt ein bisschen Schiss. Na ja, wir werden sehen, wie sich diese Sache entwickelt«, meinte ich zu Dina, bevor ich mich auf den Weg zum Auto machte. Ich holte James Sachen und ging anschließend direkt in den ersten Stock zu meinem Zimmer, um ihm diese ins Bad zu legen. Er stand noch unter Dusche und bemerkte mich gar nicht. Mein Glück. Gebannt beobachtete ich ihn, verfolgte die Tropfen, die seinen Körper herunterrannen. Auch unter den Tattoos auf seinem Rücken konnte ich einige leichte Striemen entdecken. Sie waren wahrscheinlich schlimmer, als es den Anschein machte. Das Wasser folgte seinen Muskeln, lief seinen knackigen Arsch entlang und ich konnte den Blick kaum von ihm nehmen. Aber ich musste. Leise schloss ich die Tür hinter mir. Dina und ich deckten gemeinsam den Tisch und stellten allerhand verschiedene Brotbeläge, Soßen und Dips bereit. James kam gut zehn Minuten später wieder nach unten und half uns mit dem Rest.

Kurz darauf fuhr ein schwarzer Maserati in unsere Hausauffahrt und parkte direkt neben dem Mercedes von James. Das mussten sie sein. Schmunzelnd öffnete ich die Haustür und bat unsere Gäste herein. Mina lief bereits freudestrahlend auf mich zu. Ich ging in die Knie, um die kleine Prinzessin zu begrüßen und sie an mich zu drücken. Anscheinend hatte sie ihr Misstrauen mir gegenüber abgelegt, was mich natürlich sehr freute. Wir begrüßten uns alle und Stella sah mich, als gerade keiner auf uns achtete, fragend an. Ich schüttelte leicht den Kopf, um ihr verstehen zu geben, dass alles in Ordnung sei. Um dies noch zu unterstreichen, schenkte ich ihr ein kleines Lächeln.

Meine Schwester unterhielt sich die ganze Zeit angeregt mit Aiden und die beiden schienen sich wirklich gut zu verstehen.

James war mit Mina in den Garten gegangen und die beiden spielten mit Casper, der sich vor Freude fast überschlug. Dieser Hund und bissig? Bei uns gab er sich wie der perfekte Familienhund. Es war richtig niedlich anzusehen, wie Mina den Ball warf und Casper ihn wieder zurückholte.

Alle unterhielten sich und es herrschte eine sehr ausgelassene Stimmung.

Stella kam auf mich zu, holte mich ein wenig beiseite und flüsterte:

»Wie geht´s dir jetzt, Kay? Und wie war es mit James? Erzähl mir alles!« In den drei Monaten, die wir uns nun schon kannten, war Stella mir bereits unheimlich ans Herz gewachsen und mir eine sehr gute Freundin geworden. Endlich hatte ich jemandem, mit dem ich über alles sprechen konnte.

Ich räusperte mich. »Also … es geht mir erstaunlich gut und ich würde sagen, dass James hierfür verantwortlich ist. Er gibt mir ein Gefühl von Sicherheit und, dass er mich beschützt. Meinst du … ich denke das nur wegen dem Vorfall von gestern?«

»Nein, du hattest ja schon davor Gefühle für James. Und wie war es, als er hier geschlafen hat? Seid ihr euch nähergekommen?« Verschmitzt hob sie eine Braue.

Normalerweise wäre ich bei so einer Frage wahrscheinlich am liebsten im Erdboden versunken. Stella vertraute ich jedoch so sehr, dass ich nickte. Ich sah mich um, ob auch wirklich keiner in der Nähe stand, und sprach dann: »Na ja, wir haben schon ein bisschen was gemacht. Kein Sex, falls du das wissen wolltest.« Grinsend zeigte sie mir beide Daumen nach oben und kicherte. Wir unterhielten uns noch über belanglose Dinge und ich konnte meine Augen gar nicht von James lassen, der nun zusammen mit Mina, Aiden und Darina *Mensch ärgere dich nicht* spielte. Zu süß. Nach den vielen Schicksalsschlägen sah ich nun endlich wieder einen Lichtblick.

Denn meine Schwester und ich hatten jetzt Freunde.

KAPITEL 15

James

Je näher wir uns kamen, desto mehr spürte ich, dass Kay und mich tiefere Gefühle verbanden. Jason würde ich noch zeigen, was es hieß, sich mit mir angelegt zu haben. Zuerst musste ich mich jedoch um Kaycee kümmern, damit es ihr wieder besser ging. Sie sagte zwar, dass das Ereignis halb so wild gewesen sei, aber ich wusste, dass sie es einfach nur verdrängte. Ich musste alles tun, damit sich das, was damals mit Lilly schiefgelaufen war, nicht wiederholte.

Doch wir waren beide schon zu sehr in dieser Sache drin, um jetzt noch aussteigen zu können. Kaycee Moore hatte meinen Jagdtrieb bereits auf dem Friedhof geweckt. Ich würde sie nicht so einfach davonkommen und wieder frei lassen. Sie war mein.

Heute hatte ich allerdings noch einige wichtige Dinge zu erledigen. Zum einen musste ich nach meiner Mutter sehen und zum anderen meinen Titel erneut verteidigen. Dieser Dreckskerl Jason hatte ein paar hochrangigen Leuten wohl zugezwitschert, dass ich weich wurde, und ihnen den Floh ins Ohr gesetzt, dass es jetzt leichter sei, mich zu schlagen.

Von wegen! Aber gut, sollten sie ihre Wetten abschließen. Für mich war es leicht verdientes Geld.

Ihr Pech, mein Glück. Heute würden sich meine Taschen mit ein paar tausend Dollar mehr füllen.

Jeden Tag vor der Arbeit trainierte ich ein bis zwei Stunden, denn ich musste mich fit halten und durfte nicht nachlassen. Sonst hätte ich sofort verloren und damit meinte ich nicht nur meinen Titel. Ich hoffte, es würde noch etwas dauern, bis Kaycee herausfand, worin ich verstrickt war. Ja, eigentlich sollte ich mich von ihr fernhalten. Eigentlich. Doch ich schaffte es einfach nicht. Dafür war es sowieso schon viel zu spät. Ich *brauchte sie.* Mein Leben hatte sich durch sie verändert und jetzt hatte ich noch einen Grund mehr, aus dieser Scheiße meines Vaters herauszukommen und alles ein Stück besser zu machen.

Ich stieg in meinen Wagen und wie immer begrüßte mich der Motor mit einem lauten Schnurren. Mein erster Boxenstopp war das Haus meiner Mutter. Ich hatte für sie extra eine Pflegekraft eingestellt, die sich rund um die Uhr um sie kümmerte, damit es nie wieder zu so einem *Vorfall* wie in der Vergangenheit kommen konnte. Ich war verdammt froh, dass mein Vater vor drei Jahren endlich an seiner Krankheit verreckt war, auch wenn es sich mies anhörte. Er hatte es schlichtweg nicht verdient, weiter die Luft dieser Welt atmen zu dürfen.

Meine Mutter, Avery, sah das genauso. Sie hatte zwar jetzt nur noch mich, aber ich würde mich stets um sie kümmern. Nicht wie dieser Penner von meinem Vater, der sich immer nur für sich und seine eigene Macht interessiert hatte.

Als ich bei dem Haus meiner Mutter eintraf, war es still wie immer. Hier in der Umgebung wohnten nicht viele Leute. Gott sei Dank. An der Haustür erwartete mich bereits die Pflegekraft.

Marie war eine nette Frau und sie hatte sich schon sehr gut mit meiner Mutter angefreundet, was mich besonders freute. Wir begrüßten uns knapp und gingen rein, wo Mum auf einem Sessel im großen, offenen Wohnzimmer saß. Sie freute sich, mich zu sehen, das sah ich ihr sofort an. Aber sie hatte auch stark abgebaut. Immer noch hoffte ich, dass es ihr irgendwann wieder besser gehen würde, doch der ganze Mist hatte ihr stark zugesetzt. Es tat weh, meine Mutter so leiden zu sehen.

Avery stand langsam auf und ich erkannte, wie schwach sie war. Sie hatte wieder abgenommen, all ihre Knochen standen hervor. Kraftlos drückte sie mich an ihre Brust.

»Ach, mein Sohn, es ist so schön, dich zu sehen. Zwei Wochen warst du nicht mehr hier und ich habe dich schrecklich vermisst. Schläfst du die ganze Zeit in diesem Club? Erzähl mir, wie es dir geht, mein Kind.«

Wir setzten uns zusammen auf die Couch, bevor ich antwortete:

»Es geht mir gut. Ich hatte die letzte Zeit nur viel um die Ohren. Du weißt ja, was ich zu tun habe. Wie fühlst du dich, Mum?«

»Es geht. Ich hoffe wirklich, du schaffst, was du dir vorgenommen hast, Liebling. Du musst anderen Menschen solch ein Schicksal ersparen. Pass nur bitte gut auf dich auf! Machst du diese schrecklichen Kämpfe noch?«

»Mum … ich kann nicht einfach aufhören. Sonst würden die Leute direkt merken, dass etwas im Busch ist. Ich muss die Show leider noch einige Zeit aufrechterhalten.«

»Es macht mich so traurig, dass du da durch musst, James. Du hast etwas Besseres verdient. Ein normales Leben. Hoffentlich hat das alles bald ein Ende und du kannst dein Leben leben, so wie du es möchtest.

»Ich hoffe es auch.«

»Übrigens war Aiden vorgestern hier und hat mir erzählt, es gäbe eine Frau in deinem Leben?«, fragte meine Mutter unschuldig lächelnd.

»Ja, das stimmt. Ihr Name ist Kaycee und ich habe sie vor ungefähr drei Monaten kennengelernt. Sie ist so wie ich und sie tut mir wirklich gut. Es ist halt … gefährlich für sie und ich hätte es eigentlich nicht zulassen sollen …« Ich brach ab, bereute es, ihr das gesagt zu haben.

»Oh mein Sohn, ich freue mich so für dich! Bitte stelle sie mir doch vor. Du musst sie gut beschützen. So etwas wie mit Lilly darf nicht noch einmal passieren, auch wenn es mit dieser Kaycee sicher nicht dasselbe ist, oder?«

Meine Mutter kannte mich einfach zu gut. Sie hatte recht. Das mit Lilly war nicht so bedeutend wie das mit Kaycee. Niemand war so für mich wie sie.

Sie war *alles.*

Mein nächstes Ziel war eine verlassene U-Bahn-Station. Hier würde der heutige Kampf stattfinden. Ich hasste es. Aus tiefstem Herzen. Nicht das Kämpfen an sich, sondern diesen schmutzigen Beigeschmack der Undergroundfights.

Ich parkte meinen Mercedes und ging die Stufen hinunter zum Eingang. Die Wände waren voller Graffiti, einige Künstler hatten sich hier verewigt. Es roch muffelig und an den Ecken drängte sich einem der starke Geruch von Pisse entgegen, der beinah meine Atemwege verätzte. Widerlich. Zielstrebig folgte ich dem lauten Stimmengewirr. Große Strahler erhellten die ehemalige Haltestelle. Hinter der Menschenmasse sah man noch die alten Gleise. Unten wartete bereits Aiden auf mich, der mich in die hinteren Räumlichkeiten begleitete, die zu Umkleiden umfunktioniert worden waren.

Dort zog ich mich aus, bis ich nur noch meine schwarze Trainingshose trug, sonst nichts. Ich machte mich daran, meine kalten Muskeln aufzuwärmen und zu dehnen, boxte einige Male vor mir in die Luft und lief auf der Stelle. Die ersten Kämpfe hatten bereits stattgefunden.

Ich war als Nächstes dran.

»Und nun begrüßt mit mir James `The King` Torres, den unangefochtenen König der Fights!«

Mein Einsatz. Erhobenen Hauptes schritt ich den Gang zum Kampfplatz entlang.

Die Menge grölte.

»Er wird heute gegen Ryan `The Silent` Sanchez antreten! Und zwar BARE KNUCKLE!«

Die Meute wurde immer lauter und jubelte dem Kampf entgegen. Sie schienen sich die Lunge aus dem Hals zu schreien und schlossen alle schnell noch ihre Wetten ab.

Aiden positionierte sich am Rand der Menschenmenge und nickte mir zu.

Ich tat dasselbe und ging in die Mitte, um mich meinem Gegner zu stellen. Er war riesig, sicher zwei Meter groß, schwarz und hatte breite Schultern. Zähnefletschend starrte er mir in die Augen. Große Klappe, nichts dahinter. Das sah ich gleich.

Wir nickten uns nur zu, dann gab schon einer das Startsignal und der Typ kam sofort auf mich zugelaufen. Er setzte auf Angriff, kümmerte sich jedoch kaum um seine Deckung. Es war ein leichtes für mich, diese zu durchdringen. Ich wich ihm geschickt aus, wirbelte dabei den Staub des Untergrundes auf und blockte alle seine Schläge entspannt ab. Tatsächlich stellte er sich gar nicht so schlecht an. Aber ich hatte keine Lust mehr auf so ein *Tänzchen*. Also schlug ich ihm mit meiner Rechten seitlich aufs Kinn. Ich sagte ja, seine Deckung war eine Katastrophe.

Sein Kiefer knackte. Mit einem schnellen Tritt beförderte ich ihn zu Boden und schlug noch einmal gezielt auf ihn ein. Die Haut meiner Knöchel gab nach und platzte. Ungehindert lief das Blut über meine Hände.

Mich wunderte es, dass er nochmal versuchte, aufzustehen. Wow, der Typ hatte Kampfgeist. Ich legte noch ein bisschen mehr Kraft in meine Fäuste und er fiel direkt wieder auf den Boden.

Die Leute wurden immer lauter und das spornte mich an, den Kampf jetzt ein für alle Mal zu beenden. Ein letzter Schlag.

Game over.

Nach nicht einmal fünf Minuten ernannte mich der Schiedsrichter zum Sieger. Ich hatte bewiesen, wieso ich der *verdammte König* war. Auch wenn mein Kontrahent sich lange über Wasser gehalten hatte, das konnte ich nicht bestreiten. Der Arme würde sich nach dem Aufwachen allerdings zusammenflicken lassen müssen.

So schnell war es also vorbei.

Aiden steckte sich ein ganzes Bündel Scheine ein und wir machten uns, nachdem wir meine Sachen geholt hatten, auf den Weg nach Hause.

Auch ich hatte Wunden davongetragen, die es zu verarzten galt.

Außerdem rief mein Bett nach mir. Und das sehr laut.

KAPITEL 16

Kaycee

Nach unserer letzten gemeinsamen Nacht hatten wir uns ständig gesehen und viel Zeit miteinander verbracht. Seit fünf Tagen waren wir uns allerdings noch nicht einmal über den Weg gelaufen, was sich seltsam anfühlte. Ich vermisste ihn, wollte mich jedoch nicht aufdrängen.

Auf dem Weg zu den Personalräumen kam ich an James Büro vorbei, aus dem Stimmen drangen. Die Tür war geschlossen, doch die Frau dort drinnen sprach so laut, dass ich hören konnte, wie sie miteinander stritten. Kurz stand ich unschlüssig vor der Tür. Was sollte ich schon machen? James und ich waren kein Paar, oder? Und selbst wenn, wäre er immer noch mein Chef und mich ging es nichts an, was in seinem Büro passierte.

Als ich meine Sachen abgestellt hatte, sah ich die Frau aus dem Büro kommen: Jen, eine von Charlies Freundinnen.

Mittlerweile wusste ich, dass James in jedem seiner Clubs, die hier in der Stadt lagen, ein eigenes Büro hatte. Keine Ahnung, wieso er so viele davon besaß, und vor allem, was er in ihnen machte. Leider ahnte ich, dass es sich höchstwahrscheinlich um nichts Gutes handeln konnte. Dieser Mann würde mein Verderben sein. Die Rothaarige schien immer noch in Rage zu sein und sagte noch etwas, was ich jedoch nicht verstand. Dann rauschte sie wütend davon.

Ich ging langsam an James Büro vorbei und, da die Tür noch offenstand, hatte ich einen direkten Blick auf ihn.

Meine Atmung beschleunigte sich automatisch, ich konnte gar nichts dagegen tun. Irgendwie reagierte ich immer *so* auf ihn. Während ich James musterte, fielen mir seine Knöchel auf. Sie waren voller Schorf und leicht geschwollen. Die Verletzung musste einige Tage her sein. Hatte er sein Temperament nicht unter Kontrolle gehabt und wieder gegen eine Wand geschlagen? Oder hatte er sich gar geprügelt?

Er blickte auf, sah mich und versuchte sofort, seine Hände zu verstecken.

Ich wusste, dass James vieles vor mir verbarg. Das hier war allerdings eine ganz andere Geschichte. Ich hielt seinem Blick stand und sagte nichts. Wartete auf eine Reaktion seinerseits.

James machte keinerlei Anstalten, irgendwas zu unternehmen.

Also presste ich die Lippen aufeinander und ging einfach weiter. Hatte ich mich in ihm getäuscht? War ich ihm doch nicht wichtig? Anscheinend. Ich musste endlich einsehen, um was es hier ging. Und das war definitiv keine Lovestory. Ich war hier zum Arbeiten. In meinem Leben ging es nicht nur um mich, denn ich hatte verdammte Verpflichtungen. Tief atmete ich durch, sammelte mich und machte meinen verfluchten Job. Ich schaffte das. Ich war *stark*. Trotzdem tat seine Zurückweisung weh. Verdammt weh. Ich schaltete auf Autopilot und erfüllte meine Aufgaben, damit ich nachher schnell nach Hause konnte. Gerade wollte ich den Club verlassen, als ich hinter mir Schritte wahrnahm. Ich blickte über meine Schulter und staunte nicht schlecht. Es war James. Er kam direkt auf mich zu. Was wollte er jetzt? Wirklich Lust mit ihm zu reden hatte ich nicht. Wieso sollte ich immer das machen, was er wollte? Zum Teufel scheren konnte er sich! Wo hatte ich eigentlich mein verdammtes Gehirn gelassen? Seitdem ich gemerkt hatte, dass ich Gefühle für James hegte, spielte alles in mir verrückt. Es war komisch, so sehr für einen anderen Menschen zu empfinden, denn ich kannte es in dieser Form von mir bisher nicht. Vielleicht musste auch ich ihm mal die kalte Schulter zeigen. Ihm klar machen, dass dieses Spiel zwei spielen konnten. Ich machte auf dem Absatz kehrt und ging einfach. Nein, viel eher flüchtete ich sogar. Laut hallten meine Stöckelschuhe im Gang wider. Dieser verdammte Idiot.

Ach man. Scheiß drauf, was hatte ich schon zu verlieren?

Fast war ich schon am Ausgang angelangt, da drehte ich mich noch einmal um.

James war mir nicht gefolgt. Er hatte wohl verstanden, dass ich ihn im Moment nicht sehen wollte. Ich ging zu meinem Auto, wollte einfach nur noch nach Hause und brauchte dringend meine Ruhe, damit ich darüber nachdenken konnte, was mit James los war. Eigentlich wusste ich *nichts* über ihn. Während ich mit meinem alten BMW über den Highway raste, ließ ich mir durch den Kopf gehen, was ich bisher in Erfahrung gebracht hatte. Und das war bei aller Liebe nicht viel. Er besaß fünf Clubs in Phoenix, in denen wahrscheinlich überall mit Drogen gehandelt wurde. Ich wusste, dass James es erlaubte. Weiterhin glaubte ich, dass er in Kämpfe verwickelt war. In letzter Zeit hatte ich des Öfteren Verletzungen an ihm gesehen, nur nie so frische wie heute. Er wollte es mit Absicht verbergen, da war ich mir sicher. Verdammt sicher.

Ich weiß noch, wie geschockt ich gewesen war, als ich ihn das erste Mal mit nacktem Oberkörper gesehen und die ganzen Narben erkannt hatte, die er mit seinen Tattoos zu verstecken versuchte. Mir fielen die Worte von Stella wieder ein. Sie hatte die Hand dafür ins Feuer gelegt, dass James nichts für das, was in den Clubs passierte, konnte. Immer wieder hatte sie beteuert, dass sie ihn schon so lange kannte und, dass er kein schlechter Mensch war. Ich hatte keine Ahnung, was sich vor meinen Augen abspielte, ahnte nur, dass es etwas Übles sein musste. In einem Punkt war ich mir absolut sicher, nämlich dem, dass James kein Bösewicht war. Es steckte offenbar mehr hinter ihm. Vielleicht hätte ich Angst vor ihm haben sollen. Hatte ich aber nicht. Ich vertraute ihm, auch wenn es wahrscheinlich sehr naiv war. Wie sehr würde ich mir jetzt ein Gespräch mit meiner Mutter wünschen, um ihr von James zu erzählen. Um Rat bei ihr zu suchen. Das würde mir allerdings nie wieder möglich sein. Eine solche Vertrautheit gab es in meinem Leben nicht mehr. Nie mehr würde ich mit Mum reden können. In diesem Moment erfasste mich erneut eine Welle Trauer, die mich in dunkle Tiefen riss. Meine Hände zitterten. Was hatte ich mir dabei gedacht, mich genau jetzt zu verlieben? War das überhaupt normal? Ich hatte keine Ahnung mehr, was ich hier machte. Ich musste mit irgendwem reden, wollte meine Schwester jedoch nicht damit belasten. Schnell schaute ich in den Rückspiegel. Niemand fuhr hinter mir. Verzweifelt trat ich die Bremse bis zum Anschlag durch und lenkte den BMW auf den Seitenstreifen. Dann fischte ich mein Handy aus meiner Handtasche, die neben mir auf dem Beifahrersitz lag, und wählte Stellas Nummer. Sie war die Einzige, die mich in dieser Situation verstehen würde. Es klingelte einige Male und ich hatte schon Angst, dass sie nicht ans Telefon gehen könnte, da nahm sie mit einem »Hallo?« ab.

»Stella? Ich bin es. Ich brauche deine Hilfe. Hast du vielleicht Zeit für mich?« Mit aller Macht versuchte ich, die Tränen zu unterdrücken, die sich in meinen Augen sammelten.

»Ja, natürlich. Für dich habe ich immer Zeit. Ist etwas passiert?«

Ich hörte, wie sie gleich in hellem Aufruhr war. »Nein, nicht direkt, aber ich brauche dich. Ich muss mit jemandem reden, bitte, Stella. Könnte ich vorbeikommen?«

»Ja, wo bist du gerade? Soll ich dir die Adresse schicken?«

»Das wäre super, ja. Ich stehe gerade auf einem Seitenstreifen, keine Ahnung wo genau.«

»Ich schicke sie dir, bitte fahr vorsichtig!«

Wir verabschiedeten uns voneinander und ich gab den Straßennamen, welchen sie mir zwischenzeitlich zugesendet hatte, in mein Navi ein, um schließlich den Anweisungen der monotonen Stimme aus der Mittelkonsole zu folgen.

Als ich kurz darauf an einem Appartementkomplex eintraf, war ich über den großen Parkplatz vor der Tür sehr froh. Dennoch musste ich ein wenig suchen, bis ich den BMW in einer engen Lücke abstellen konnte. Stöhnend quetschte ich mich aus dem Auto, begab mich zur Eingangstür des Gebäudes, klingelte und ging die Stufen in den neunten Stock hoch. Natürlich hätte ich den Fahrstuhl nehmen können, aber ich musste mich bewegen. Das, was sich angestaut hatte, irgendwie loswerden.

An den Wänden hatten Sprayer allerhand Schmierereien hinterlassen. Die Flure waren lang und dunkel. Wie in einem Horrorfilm. Ein kalter Schauer durchfuhr mich und ich beschleunigte meinen Schritt. Oben eingetroffen war ich fix und fertig, schnappte wie ein Asthmatiker nach Luft. Hätte ich doch mal den Aufzug genommen!

Stella begrüßte mich mit einer stummen Umarmung und bat mich herein. Ihre Wohnung war geschmackvoll eingerichtet. Sehr modern und gleichzeitig nicht zu steril. Sie wirkte klein, aber sah besser aus, als man von draußen erwarten würde.

Ich setzte mich auf die braune Ledercouch und wartete, bis Stella aus der angrenzenden Küche kam. Meine Füße vergrub ich in einem beigen Hochflorteppich, der unheimlich flauschig war. In der Ecke standen Puppen und ein Kaufmannsladen von Mina. Eine Kiste voller Lego sah ich auch noch. An den Wänden hingen Bilder der beiden.

Stella kam aus der Küche und setzte vorsichtig einen Fuß vor den anderen, um den Inhalt der Tassen, die sie mitbrachte, nicht zu verschütten.

Sie stellte die Getränke auf dem Tisch vor dem Sofa ab. Liebevoll hatte sie den Kakao mit einer leckeren Sahnehaube garniert.

»Danke.«

Wir schwiegen eine Weile, tranken schlürfend unseren Kakao. Jedenfalls, bis Stella das Wort ergriff.

»Also Süße, was ist los? Rede mit mir.«

Ich atmete tief durch und stieß die Luft in meiner Lunge mit einem Mal aus.

»Ich glaube, ich habe einen Fehler gemacht. Und ich fühle mich schrecklich einsam. Ich wusste nicht, zu wem ich gehen sollte. Mit Dina möchte ich über solche Dinge ungern reden, da es sie wahrscheinlich zu sehr belasten würde. Sie darf nicht wieder krank werden.«

Stella nickte mir zu und gab mir damit zu verstehen, dass ich weiterreden sollte.

»Ich glaube, ich habe mich in James verliebt. Aber ich weiß, dass er mir vieles verschweigt. Dazu kommt, dass ich niemanden mehr zum Reden habe. Meine Mum war immer meine Vertraute und sie ist nicht mehr da …« Meine Stimme brach und ich kämpfte dagegen an, dass sich Tränen ihren Weg an die Oberfläche bahnten. Ich blinzelte mehrmals, doch dann liefen sie ungehindert meine Wangen herab.

Stella nahm mich in den Arm und es fühlte sich so gut an, dass die Tränen wie ein Wasserfall hervorquollen. Mir wurde wieder bewusst, wie kaputt ich eigentlich war, wie gebrochen mein Herz und wie zerstört meine Seele. Ja, ich war ein Wrack, auch wenn ich gelernt hatte, nach außen hin den Schein zu wahren. Erst nach zehn Minuten hatte ich mich wieder so weit im Griff, dass meine Tränen langsam versiegten.

Stella gab mir einen Kuss auf die Stirn und meinte dann:

»Geht´s dir besser, Kay? Ich verstehe das mit deiner Familie, wirklich. Mehr, als du glaubst. Aber du hast jetzt mich. Ich werde immer für dich da sein und dich niemals verlassen. Du musst kämpfen, du bist nicht allein. Du hast Dina, du hast mich und Mina.« Die Entschiedenheit in ihrer Stimme gab mir Kraft. Auch in ihren Augen schimmerten Tränen. Stella war ebenfalls etwas zugestoßen, etwas Dunkles, das wusste ich. Wir passten alle gut zusammen. Auf eine tragische Art und Weise.

»Und nochmal zu James … Wieso bist du so traurig darüber, dass du dich in ihn verliebt hast? Ist das nicht etwas Positives? Du hast recht, er verbirgt so einiges. Aber ich weiß nicht, ob es mir zusteht, dir davon zu erzählen. Er ist eben genauso mein Freund wie du auch«, sagte sie und sah verlegen auf ihre Hände.

»Ich weiß, dass er mit uns nicht über die Situation reden *kann.* Und ob er mich genauso mag wie ich ihn, bezweifle ich mittlerweile. Er fickt ja so oder so jede.«

Na toll, jetzt hörte ich mich schon wie eine frustrierte, alte Frau an, die nur noch von ihren Katzen umgeben war.

»Er wird mir wahrscheinlich nie das geben können, was ich brauche. Seit Tagen hat er nicht mehr mit mir gesprochen. Dann sehe ich ihn heute endlich wieder und er hat aufgerissene Knöchel. Bestimmt denkt er, dass ich zu dumm bin, etwas zu verstehen.«

Stella nahm meine Hand und drückte sie.

»Ich verstehe dich. Wirklich! Aber er mag dich genauso, Kay. Glaub mir. Und das andere muss er dir einfach selbst erklären. Es tut mir leid, ich kann dir das nicht sagen.«

Energisch schüttelte ich den Kopf.

»Danke, Stella, du musst nichts sagen. Ich verstehe das und ich weiß auch, was im Club abgeht.« Ich rutschte dichter zu ihr und nahm sie in den Arm.

Wir sprachen noch kurz miteinander, dann verabschiedete ich mich von ihr. Ein wenig Erleichterung machte sich in mir breit und das nur, weil ich jemandem von meinen Gefühlen erzählt hatte.

Als ich endlich in Queens Creek ankam, war es schon früher Morgen.

In unserer Auffahrt parkte ein schwarzer Mercedes. *Sein* schwarzer Mercedes. Er war hier? Und wie lange schon?

Mir rutschte das Herz in die Hose.

Irritiert ging zur Veranda hinauf, auf der James saß. Er hob den Kopf und etwas in seinem Blick veränderte sich, als er mich sah. Ich musste scheinbar ziemlich fertig aussehen.

Da ich nicht mit ihm sprechen wollte, stapfte ich an ihm vorbei, schloss die Tür auf und ließ sie einfach hinter mir offenstehen. Sofort kam Casper auf mich zugerannt und begrüßte mich mit wackelndem Hinterteil. Ich vergrub meine Hände in seinem flauschigen Fell, streichelte ihn ausgiebig und hörte, wie die Tür ins Schloss fiel. Um die eigentlich unvermeidliche Situation noch länger hinauszuzögern, bewegte ich mich ins obere Geschoss und sah nach Dina. Vorsichtig spähte ich durch den geöffneten Spalt in ihr Zimmer. Meiner Schwester ging es offenbar gut, denn sie schlief friedlich. So leise wie möglich schloss ich ihre Tür. Auf dem Weg nach unten stoppte ich kurz oben an der Treppe, zögerte. Was würde jetzt passieren? Was würde er mir sagen? Ich atmete tief ein, gab mir innerlich einen Stoß und stellte mich dann meinen Ängsten in Form von James Torres. Unter meinen Füßen knarrte das Holz der Treppe, was ihn aufsehen ließ. James saß auf der Couch und streichelte Casper. Wie ein Deja-vu.

Als ich auf ihn zuging, sah er mir die ganze Zeit über in die Augen und entließ mich nicht aus seinem prüfenden Blick.

Alles in mir kribbelte, mein Körper war so ein scheiß Verräter! Ich setzte mich auf die Lehne der Couch, spürte das kalte Leder durch die Jeans und sah ihn abwartend an. Angestrengt versuchte ich, meine körperliche Reaktion zu verstecken, aber ich war mir ziemlich sicher, dass James sie wahrnehmen konnte.

Er wusste wahrscheinlich genau, dass ich ihn mit jeder Faser meines Körpers wollte.

»Kaycee…«, kam es über seine Lippen. Was erwartete er jetzt von mir? Er ignorierte mich seit Tagen. Außerdem war da ja auch noch sein Betthäschen, das ich vorhin in seinem Büro wiedersehen durfte. Ein Mensch wie James würde sich wahrscheinlich nie ändern. Er konnte sich keinesfalls mit nur einer

Frau begnügen, würde einen immer betrügen. War es das, was ich wollte? Einen Mann, der hinter meinem Rücken andere Liebschaften hatte? Einen Mann, für den ich nie die eine sein würde?

»Was ist, James? Was willst du jetzt hier? Du hast mich fünf Tage ignoriert und dann versteckst du auch noch *das* vor mir?«

Ich zeigte auf seine wunden Knöchel. »Ich dachte, dass es bei uns *mehr* wäre. Ich habe dir jedenfalls immer vertraut, sonst hätte ich dich niemals in mein Leben gelassen. Vor allem auch, dass du meine Schwester kennenlernst. Und jetzt vertraust du mir nicht, versteckst immer wieder *solche Dinge.*«

Ich stieß die Luft aus, ballte meine Hände zu Fäusten und wartete ab, was er mir zu sagen hatte. Wahrscheinlich nichts.

Er dachte kurz nach, ließ sich Zeit mit seiner Antwort.

»Kay, ich möchte dich nicht mit meiner Scheiße belasten, deshalb habe ich dir nichts davon gesagt. Du wirst es wahrscheinlich so oder so früh genug erfahren. Ach fuck, egal was ich sage, du wirst nichts mehr mit mir zu tun haben wollen. Ich habe dir wirklich nichts vorgespielt, das musst du mir glauben.«

Seine Worte machten mich stutzig. Hatte er recht damit? Würde ich ihn nicht mehr wollen? Nein, egal, was es war, mein Herz gehörte ihm bereits. Fast drei Monate schon, seit dem Moment damals, in dem ich ihn aus meiner Verzweiflung heraus aufgesucht und um einen Job gebeten hatte. Er hatte mein Herz aus einer blutenden Pfütze gefischt und machte mir Hoffnung. Ohne ihn wäre ich längst in ein schwarzes Loch gefallen. Er gab mir Licht in meiner Dunkelheit. Deshalb brauchte ich James. Wenn ich ihn nicht mehr um mich hätte, würde ich ein für alle Mal zerbrechen. Diese Gefühle mussten etwas bedeuten.

»Ich werde dich immer wollen, egal, was ist. Aber ich hasse diese Geheimnistuerei, James«, flüsterte ich leise. »Ich möchte wissen, woran ich bin, und brauche einfach irgendwann auch Gewissheit über alles. Was sind wir?«

Er sah nach unten und fand seine Hände wohl gerade sehr interessant.

Ich merkte, wie er mit sich rang. Als er dann jedoch zum Sprechen ansetzte, fiel ich ihm ins Wort:

»Egal! Bitte sag einfach nichts. Du musst nichts für mich empfinden. Es war ein Fehler, mich dir zu öffnen.«

Verdammt. Warum musste ich diese Gefühle für ihn haben? Diese bescheuerten, komplizierten Gefühle. Das Herz sehnte sich immer nach dem, was man nicht haben konnte. James und ich, das wäre zu schön, um wahr zu sein. Es würde immer ein Traum bleiben. Eigentlich war es schon Antwort genug gewesen, dass er so lange geschwiegen hatte. Scheiße, vielleicht hätte ich einfach nichts sagen sollen und wäre schneller über ihn hinweggekommen. Worte wurden erst real, wenn man sie laut aussprach.

Ich war so in meinen Gedanken versunken, dass ich nicht merkte, wie er sich mir näherte. Er hockte sich vor meine Knie und sah zu mir herauf.

»Es tut mir leid, Kay. Ich erzähle es dir, sobald ich es kann. Wirklich. Und du bist alles, aber mir sicher nicht egal. Das musst du mir glauben.«

Ich ließ mir diese Worte auf der Zunge zergehen. Fing an zu lachen. Hörte er sich selbst zu? Verzweifelt schüttelte ich den Kopf. Reichte mir diese Antwort? *Nein.* Ich hatte keine Lust mehr, vor all dem zu fliehen, musste mich dem stellen.

»Ich will es jetzt wissen, James. Hör auf mit diesen ganzen Lügen.«

Wieder zögerte er viel zu lange.

»Du musst wissen, ich habe dich schon genug in Gefahr gebracht. Du hast ja am eigenen Leib feststellen müssen, was mit Menschen passiert, die ich zu sehr an mich heranlasse. Ich wollte mich eigentlich von dir fernhalten, schon nach dem ersten Überfall … ich kann es einfach nicht. Du bist mein Gegenstück.« Er sah mich durchdringend an und ich wusste, was jetzt kommen würde.

»Ich bin nicht stolz auf diese Geschichte. Im Moment kann ich allerdings nicht aussteigen. Noch nicht. Aber ich werde etwas ändern.«

Dann erzählte er mir von all den Dingen, die sich im Hintergrund des *Heavenly*'s abspielten. Von den Drogengeschäften, von den Undergroundfights. Und auch von den gekauften Frauen, die im VIP-Bereich für die gehobenen Gäste zuständig waren. Nicht ein einziges Mal hatte ich diesen Bereich aufgesucht, da es den normalen Angestellten untersagt war. Aber ich hatte bereits geahnt, dass diese Mädels anders waren. So abgestumpft. So leer. Mit Sicherheit hatten sie großes Leid erfahren. Es gefiel mir nicht, was er sagte, allerdings versicherte er mir, dass es ihnen dort um einiges besser ging als bei ihren ehemaligen Besitzern.

Ich wusste nicht, was ich daraufhin sagen sollte. Jetzt musste ich mich entscheiden, was ich wollte.

Ich konnte nicht ohne ihn.

Immerhin war er meine Luft zum Atmen. Und doch hatte dieses Geständnis einen extrem bitteren Beigeschmack.

James

Zum ersten Mal hatte ich mich einer Person so geöffnet wie Kay. Ich sah sie an und wartete, was sie zu meinen Worten sagen würde.

Sie atmete tief durch und hob endlich den Blick. In ihren Augen lag eine Mischung aus Schmerz und Liebe. Was hatte er zu bedeuten? Wie würde sie reagieren? Als sie vorhin über meine Worte gelacht hatte, hätte ich sie am liebsten am Hals gepackt und so lange gewürgt und geküsst, bis sie wieder bei Verstand gewesen wäre.

Nun wurde ihr bewusst, dass ich eine Gefahr für sie und ihre Schwester war. Und sie hasste dieses Risiko. »Du kennst doch meine Entscheidung, James. Ich kann gar nicht mehr ohne dich sein. Seit dem Vorfall mit meinen Eltern bist du die einzige Person, die mir Liebe und Zuversicht schenkt. Nur deinetwegen habe ich noch nicht aufgegeben. Aber ich habe Angst, James. Dina braucht Schutz. Ihr darf nichts passieren. Kein Haar darf ihr gekrümmt werden!«, sagte sie und ballte die Hände zu Fäusten.

Meine kleine Kämpferin.

»Ich weiß. Glaub mir, ich werde alles für euch tun. Aiden wird mir wahrscheinlich nur zu gerne helfen, euch zu beschützen.

Ihm liegt sehr viel an Darina. Wir schaffen das zusammen, wenn du es denn möchtest. Du wirst meine Königin sein.«

Mit ‚Königin' spielte ich natürlich auf meinen Titel an, den ich bei den Undergroundfights trug. Indem ich Kay zur Königin erklärte, würden die Leute sie bei den Kämpfen in Ruhe lassen, denn dort galten Regeln. Niemand machte sich an die Frau eines anderen Kämpfers heran. Wenn ich sie allerdings so offensichtlich präsentierte, würde ich sie nur noch mehr in den Fokus rücken und das wiederum machte mich noch angreifbarer. Ich musste aufpassen, damit ihr nichts geschah. Ich würde sie mit meinem Leben verteidigen. Es war ein großes Risiko, aber ich konnte nicht ohne Kaycee leben. Ich hatte oft genug versucht, mich von ihr fernzuhalten, funktioniert hatte dies jedoch nie. Wir gehörten zusammen und deshalb würden wir einen Weg finden. Ich stand auf, beugte mich über sie.

Sie hatte sich immer noch nicht von der Stelle gerührt. Als sie nicht aufblickte, hob ich ihr Kinn mit meiner Hand an, damit sie mir endlich in die Augen schaute. Ich spürte, wie Kay unter meiner Berührung erzitterte, streichelte ihr sanft über die Wange, bis ich ihren schlanken, zarten Hals griff und sie zu mir zog.

Erschrocken schnappte sie nach Luft, ehe ich meine Lippen auf ihre presste und meine Zunge in ihren Mund gleiten ließ.

Fuck, sie schmeckte so gut und es war eine verdammte Qual, sie noch nicht gefickt zu haben. Ich brauchte unbedingt mehr von ihr; von ihrem Körper. Sie war wie eine Droge. Eine Droge mit den allerbesten Nebenwirkungen.

Kaycee

Er küsste mich, als wenn er komplett ausgehungert wäre. Sein Mund eroberte meinen und seine Zunge verlangte stürmisch nach Eintritt. Seine Hand umfasste meinen Hals, drückte sanft zu. Derart wehrlos zu sein, machte mich verdammt an. Ich vertraute ihm, wusste, dass er mir nicht wehtun, sondern mich an meine Grenzen bringen würde. Lange hatte ich über uns nachgedacht. Ich musste es einfach mit ihm versuchen. Auch wenn bei ihm vieles nicht mit rechten Dingen zuging und mein verdammtes Herz auf dem Spiel stand. Es war wie beim Pokern, was mein Dad so geliebt hatte. Entweder man setzte *all in* und gewann alles oder man ging leer aus und war ärmer als je zuvor. Ein Glücksspiel. Und ich kannte den Einsatz, bloß noch nicht meine Gewinnchancen.

Ich löste mich von seinen Lippen und flüsterte: »Bitte, bleib heute Nacht hier. Ich habe dich die letzten Tage so sehr vermisst.«

Seine Augen funkelten dunkel.

»Wenn du das möchtest.«

Ich ging zur Haustür und schloss diese ab, bevor ich seine Hand nahm und ihn zu meinem Schlafzimmer führte. Gemeinsam schlichen wir die knarzende Treppe hoch.

Ich war zwar nie die Unschuld vom Lande gewesen, aber seitdem ich James kannte, hatte ich immer mehr Vorstellungen, was er mit mir machen sollte. Und das war sicher kein sanfter Blümchensex. Hart, schmutzig und in all den verdorbenen Stellungen, die es gab.

Auf dem Weg dachte ich daran, was er gleich alles mit mir anstellen könnte. Ich ging in mein Zimmer, schaltete die kleine Nachttischlampe an und schloss die Tür hinter uns.

James sah mich an und zog erwartungsvoll die Augenbrauen hoch. Wahrscheinlich hatte er mich durchschaut.

»Du kannst dich ja schon ins Bett legen, ich gehe kurz duschen«, meinte ich zu ihm und verschwand schnell in das angrenzende Badezimmer. Ich stellte die Dusche an und zog mich aus.

James hatte mich mit diesem einen Kuss bereits verrückt gemacht. Er hatte mir die Dunkelheit gezeigt und ich nahm sie nicht nur an, ich badete in ihr. Diese Gefahr, die von ihm ausging, machte mich an. Es war Nervenkitzel pur. Ordentlich legte ich meine Sachen auf den Hocker neben der Dusche und stieg unter den heißen, wohltuenden Strahl. Sofort entspannten sich meine Muskeln und ich atmete tief durch. Ich rasierte mich gründlich und schäumte meinen Körper mit dem Kokosduschbad ein, welches ich so liebte. Plötzlich trat James mit nichts außer seiner Boxershorts bekleidet in den Raum. Durch die gläsernen Duschkabinenwände konnte ich ihn beobachten. Die Scheiben waren schon mit Wasserdampf beschlagen. Zum ersten Mal sah er mich nun komplett nackt und ihm schien dieser Anblick zu gefallen. Lust stand in seinen blauen Iriden. Sein Schwanz war steif, ragte steil unter den Shorts auf und war mehr als bereit. Nur für mich.

Ich drehte James den Rücken zu, damit ich mir schnell den Schaum vom Körper waschen konnte. Ein paar Sekunden später spürte ich einen kühlen Luftzug auf meiner Haut und einen heißen, harten Männerkörper an meinem Rücken. Er umschloss von hinten meine Brüste und liebkoste meine Nippel, die so hart waren, dass es wehtat. Es fühlte sich so unglaublich gut an, was er hier mit mir tat und doch überraschte es mich, dass er mir gefolgt war.

Ich fühlte seine Lippen in meinem Nacken und seinen harten Schwanz an meinem Rücken, während seine Hände meinen Körper erkundeten. Sanft küsste er mich hinter meinem Ohr. Offenbar eine Stelle, die mich sehr erregte, denn es schossen sofort glühend heiße Funken in meine Mitte.

Schließlich biss er hart in mein Ohrläppchen.

Ich zuckte zusammen und presste die Lippen aufeinander, um nicht laut zu stöhnen.

»James, bitte lass uns rübergehen …« Er sagte nichts zu meiner Bitte, sondern hob mich hoch und drückte mich gegen die kalten Fliesen. Automatisch umschloss ich seine Hüfte mit meinen Beinen, drückte seinen harten Schwanz dicht an meine nasse Pussy.

Er war so riesig, dass er mich zum Zerreißen dehnen würde, was mich erregte und mir gleichzeitig ein wenig Angst machte. James zog meine Unterlippe in seinen Mund, leckte daran. Eine Hand umfasste meinen Hintern, stützte ihn. Die andere umfasste meine rechte Brust, die schwer in seiner Hand lag. Meine Nippel waren nun dunkel, aufgerichtet und schrien nach Aufmerksamkeit. Wieder küsste er mich verlangend, senkte den Kopf und saugte an meiner Knospe. Mit einer Hand umkreiste er meine Klit. Ich erzitterte. Dann steckte er zwei Finger in mich, dehnte mein Inneres. Sein Daumen spielte außen an meiner Lustperle weiter, was mich zum Beben brachte. An nichts konnte ich mehr denken, nur noch daran, dass ich seine Härte in mir haben wollte. Er bewegte seine Finger in einem schnellen Takt. Ich war so nass und bereit, dass ich keinen Schmerz spürte. Ich zog an seinen Haaren, drückte seine Lippen wieder an meine und stöhnte in seinen Mund.

Plötzlich griff James hinter uns und stellte das Wasser aus. Dann öffnete er die Kabine und ging mit mir aus dem Badezimmer. Wir küssten uns verlangend weiter und, als wir endlich bei meinem Boxspringbett ankamen, warf James mich vorsichtig auf dieses und spreizte mit einer geübten Bewegung meine

Beine. Er küsste sich langsam meinen Bauch hinunter und leckte mit seiner Zunge über meine heiße Pussy. Genau das Gleiche hatte er damals schon einmal im Mitarbeiterraum gemacht. Am liebsten würde ich den ganzen Tag fühlen, wie seine heiße Zunge durch meine Spalte glitt.

»Bitte, James«, stöhnte ich heiser, weil ich so erregt war, dass ich glaubte, gleich zu zerspringen.

»Was willst du, Kay? Sag mir, was ich tun soll«, raunte James mir zu. Er steckte seine Finger erneut in meine Pussy. Quälte mich mit einem langsamen Ritt und seiner Zunge. Ich war so losgelöst, dass es mir mal wieder scheißegal war, was er dachte. James Torres rief das Versauteste in mir zum Vorschein.

»Fick mich, bitte«, stöhnte ich hilflos. Das war ein mutiger Schritt von mir, aber ich brauchte es.

»Bist du dir sicher, Prinzessin? Vielleicht sollte ich lieber noch mit dir spielen.«

»Ja, verdammt. Mach schon. *Bitte.*«

Er kam ein Stück hoch und küsste mich erneut. James schmeckte nach mir, das machte mich noch zusätzlich an. Kurz beugte er sich herunter zu seinen Sachen auf dem Boden, um irgendetwas aufzuheben. Dann hörte ich das Reißen einer Folie. Es war so dunkel in dem Zimmer, dass ich nichts sah. Hastig öffnete er meine Beine noch etwas weiter und ich war so bereit, dass ich fast auslief. Ich konnte seine harte Eichel an meinem Eingang spüren und wie von selbst spreizte ich die Beine bereitwillig noch ein wenig mehr. Dann schob er sich in mich. Der Schmerz trieb mir kurz Tränen in die Augen und ich stöhnte. Er küsste mich, griff zwischen uns, rieb meine Klit und gab mir Zeit, sich an seine Größe zu gewöhnen. Es war nicht gerade leicht. Doch dann bewegte er sich in mir und es fühlte sich einfach nur noch gut an. Ich zerfloss regelrecht in seinen Armen. Seine Finger stimulierten mich zusätzlich.

Schließlich fickte er mich in einem immer schneller werdenden Rhythmus, der mich Sterne sehen ließ. Meine Muskeln zogen sich wieder und wieder zusammen, bis ich in tausend Teile explodierte. Als ich dachte, ich könnte nicht mehr, drehte James mich auf den Bauch und zog mich auf die Knie. Hart stieß er in mich, gab mir keine Verschnaufpause mehr. Er fickte mich nun unnachgiebig und obwohl ich gerade gekommen war, spürte ich, wie sich meine Mitte eng um seinen Schwanz zusammenzog. Seine Hände umfassten nun meine Brüste und er stieß so hart in mich, dass ich gegen das Kopfteil des Bettes gedrückt wurde. Abermals griff er mir zwischen die Beine an meine viel zu überreizte Perle und brachte mich nochmal zum Kommen. Leise stöhnte ich, sah ein Farbenmeer in der Dunkelheit. Ich spürte, dass James ebenfalls in diesem Moment in mich abgespritzt hatte. Völlig erschöpft brach ich unter ihm zusammen, während er sich vorsichtig auf mich herabsinken ließ. Wow. Das war unglaublich gewesen. Immer noch atmete ich schwer. Mein Herz raste. Er zog sich aus mir zurück, drehte mich um und küsste mich leidenschaftlich.

„Fuck, Kay, du fühlst dich unglaublich an."

KAPITEL 18

James

Ich hatte recht gehabt, dass Kaycee noch Jungfrau war. Mich wunderte nur, wieso sie sich so lange aufgespart hatte – denn sie war sowas von verdorben. Genau wie ich. Wir passten wirklich gut zueinander. Sie ließ sich so gut wie keine andere ficken und fühlte sich noch besser an. Wie sich ihre inneren Muskeln um meinen Schwanz spannten. Mhhh, einfach göttlich. Sie hatte diese Gabe, sich komplett fallen zu lassen, sprang schnell auf erregende Reize an. Sie liebte es genauso hart wie ich. Ich konnte mein verdammtes Glück kaum fassen. Und ich war auch noch ihr erster. Fuck.

Es waren ein paar Stunden vergangen und ich sah auf mein Handy, um nach der Uhrzeit zu schauen. Ich schlief nie sonderlich viel. Neun Uhr morgens. Und ich? Ich war schon wieder hart wie Stahl.

Fuck, diese Frau schaffte es wirklich, aus mir wieder einen notgeilen Teenager zu machen, der nichts anderes im Kopf hatte außer Sex. Mit ihr fühlte es sich eben anders an, nicht nur wie ein bedeutungsloser Fick, um sich zu erleichtern. Bei ihr waren Gefühle im Spiel und das machte es erst reizvoll. Ein zweites oder drittes Mal Sex mit der gleichen Person? Das war nicht mein Stil. Eigentlich. Aber mit Kay? Ja, verdammt, immer wieder. Ich umfasste meinen Schwanz, der sich wieder ihre Zuneigung wünschte, und sah zu Kay, die noch schlief.

Hm, mir würde da ja etwas Besseres einfallen.

Ich drehte mich zur Seite, schob meine Hand unter die Decke und streichelte ihre weiche Haut. Sie hatte wie ich noch nicht genug. Das konnte ich spüren, als ich meine Hand langsam nach unten zu ihrer Vulva wandern ließ. Ja, sie brauchte definitiv mehr, sie *wollte* mehr. Knurrend schob ich zwei Finger zwischen ihre Beine, fühlte, wie bereit sie für mich war. Schon wieder. Sie war unersättlich. Fuck, war das geil. Mein Schwanz wurde noch härter, so verdammt hart, dass meine Eier bereits wehtaten. Ich umkreiste ihre Klitoris mit meinem Daumen und schob meinen Zeigefinger in ihre nun nicht mehr jungfräuliche Pussy. Sie war so verdammt eng, das hatte mir gestern schon den Verstand geraubt.

Kay wachte auf und sah mich verschlafen, aber zugleich unendlich willig an. Genauso, wie ich es wollte.

Ich beugte mich zu ihr herüber und gab ihr einen Kuss. Etwas, was ich früher ebenfalls nie gemacht hätte. Ich bekam einfach nicht genug von ihren Lippen, neckte sie mit meiner Zunge und umfasste dann eine Brust mit meiner Hand, die eben noch an ihrer heißen Pussy gewesen war. Sie hatte verflucht perfekte Titten, die genau in meine Hände passten. Ihre rosigen Nippel waren klein und bereits hart aufgestellt. Ich musste einfach meinen Mund hinabsenken und sie zwischen meine Zähne nehmen. Kay bewegte sich auf einmal und rieb ihre feuchte Hitze begierig an meinem steinharten Schwanz. Ja, ich lag mit meiner Vermutung eindeutig richtig, dass sie genauso verdorben war wie ich. Jungfräulich vielleicht, aber unschuldig war etwas anderes. Ich nahm meinen Penis in die Hand, umkreiste damit ihre willige Mitte. Leise stöhnte sie auf und verdrehte die Augen. Sie musste noch völlig überreizt von heute Nacht sein, öffnete sich jedoch weiter für mich, bis mein Schwanz wie von allein in sie glitt. Scheiße. Ich wusste, dass ich das nicht tun sollte. Die Verlockung war zu groß. Bis zum Anschlag schob ich mich in sie, spürte ihre Hitze ohne etwas zwischen uns. Es war der

Himmel auf Erden. Ich bewegte mich in ihr, zog ihre Beine nach oben, legte sie über meine Schultern.

Sie reckte sich mir so willig entgegen, dass ich davon schon fast abspritzen konnte.

Ich umfasste ihren Arsch, hob ihn an und fickte sie hart. Ihre perfekten Titten wackelten im Takt. »Mehr, James«, stöhnte sie und griff hinter sich ans Kopfende, um sich festzuhalten.

»Scheiße, warte, wir brauchen noch ein Kondom.« Noch nie hatte ich mit einer Frau ohne Gummi geschlafen. Ich beugte mich wie bereits zuvor zu meinen Sachen auf dem Boden herunter, fummelte ungeduldig ein Kondom aus meiner Hosentasche und riss die Folie auf. Schnell zog ich das Gummi über meine pulsierende Männlichkeit.

Kay konnte es anscheinend kaum erwarten und auch meine Nerven waren bis zum Zerreißen gespannt. Es hatte sich so verlockend ohne Barriere angefühlt, aber ich durfte nichts riskieren. Erst musste ich wissen, ob sie verhütete. Sie funkelte mich wütend an, drückte mich nach unten in die Matratze und setzte sich auf mich. Sofort nahm Kay meinen Schwanz wieder in Beschlag. So verdammt gierig. Sie setzte sich auf mich und ließ sich auf meinen harten Penis sinken. Ich spürte, wie sich mich aufnahm und wie meine Größe sie langsam ausfüllte. Fuck, sie war so eng. Etwas Derartiges hatte ich noch nie gespürt. Wie sie versuchte, die Kontrolle zu übernehmen, war einfach nur geil. Ich musste mich konzentrieren, in ihrer engen, heißen Pussy nicht sofort abzuspritzen. Ich beobachtete, wie mein Schwanz immer wieder in sie glitt. Sie ritt mich in einem schnellen Tempo und ich spürte, wie sich kurze Zeit später ihre Muskeln um mich zusammenzogen. Dann öffnete sie den Mund, legte den Kopf in den Nacken und kam mit einem leisen Stöhnen. Unmittelbar danach ergoss ich mich in ihr und war mal wieder verblüfft über sie und ihre Wirkung auf mich.

Kaycee

James brachte das Unanständigste in mir zum Vorschein. Aber egal. Ich wusste immer, dass ich kein liebes Mädchen von nebenan war, das auf Vanillasex stand. Auch wenn ich letzte Nacht mein erstes Mal gehabt hatte, hatte ich in der Vergangenheit schon an andere Sachen gedacht. James und ich duschten zusammen und zogen uns an, damit wir nach unten gehen konnten, um etwas zu essen. Wahrscheinlich war Dina schon wach und ich wollte sie nicht allein lassen.

In der Küche machten wir uns Frühstück. Dina redete die ganze Zeit mit James, fragte ihn regelrecht über Aiden aus. Ich fand es süß, dass meine Schwester ein so großes Interesse an ihm zeigte, und soweit ich wusste, er ebenso an ihr. Die beiden würden gut zueinander passen. Aiden hatte einen Bürojob und begleitete James wohl des Öfteren zu seinen Kämpfen.

Ich hatte immer noch meine Bedenken, bei den Dingen, die James da so trieb. Doch was sollte ich machen? Entweder nahm ich ihn so, wie er war, oder ließ es bleiben. Immerhin hatte er sich mir gestern endlich geöffnet. Ein erster Schritt. Ich konnte es kaum abwarten, James' Mutter kennenzulernen und war unheimlich gespannt, was das Leben für uns noch bereithielt.

Die letzten Wochen verliefen ohne besondere Vorkommnisse. Acht Wochen, um genau zu sein. Ich hatte es immer noch nicht bereut, diesen Schritt mit James gegangen zu sein. Es fühlte sich perfekt an zwischen uns. Dina ging es ebenfalls wieder besser und ich war unendlich dankbar dafür. Fast jeden Tag ging ich zum Friedhof und besuchte das Grab von Mama und Papa. Es tat noch immer schrecklich weh. Sie waren nun einmal meine Eltern, die alles für uns getan hatten. Nicht irgendwelche entfernten Verwandten. Dina und ich verbrachten viel Zeit zusammen mit Aiden, Stella, James und der kleinen Mina. Mal unternahmen wir irgendwelche Ausflüge in den Zoo, mal gingen wir zusammen essen. Im Moment lief alles erstaunlich gut, wären da nicht diese Momente, in denen James sich komplett von mir abkapselte. Die Clubs und die ganzen Kämpfe machten ihm sehr zu schaffen. Ich verstand es, wirklich. Doch in diesen Zeiträumen war er anders als sonst und es dauerte einige Tage, bevor er wieder liebevoller zu mir wurde.

Seine Mutter hatte James mir noch nicht vorgestellt. Er wollte ihr nicht zu viel zumuten, da sie psychisch so instabil war.

Immer noch hatte ich manchmal das Gefühl, dass er nicht ehrlich zu mir war. Es gab so viele Dinge, die wir noch klären mussten. So viele offene Fragen. Ich liebte James von ganzem Herzen, aber in solchen Augenblicken wie jetzt, merkte ich einfach, dass uns vieles zu einer *normalen* Beziehung fehlte. Wobei normal ja nicht immer gut sein musste.

Kurzum: Ich hegte Zweifel. Daran, dass einfach alles mit einem Fingerschnippen gut werden würde, glaubte ich nicht. Wir hatten noch einen weiten Weg vor uns und dieser war sehr steinig. Gleich musste ich wie immer zu meiner Schicht ins *Heavenly's*. Es machte mir nach wie vor Spaß, gerade zusammen mit Stella. Dina erholte sich gut von den Chemotherapien und ihre Haare waren inzwischen wieder so lang gewachsen, dass sie keine Perücke mehr tragen musste. Letzte Woche erst hatte sie sich einen schicken Pixie-Cut schneiden lassen. Ihr Arzt war nun sogar der Meinung, dass Dina das Schlimmste überstanden hätte. Trotzdem hatte er uns keine vollständige Entwarnung gegeben. Der Krebs könnte immer wieder ausbrechen. Zumindest hatte Dina erst einmal Zeit, aufzuatmen und ihr Leben neu zu ordnen. Es würde nicht leicht werden, aber immerhin war es ein Anfang.

Als ich im Club ankam, spürte ich zunehmend, wie unruhig und nervös ich wurde. Irgendetwas stimmte hier ganz und gar nicht. Da ich James schon zwei Tage nicht mehr gesehen hatte, wollte ich kurz nachsehen, ob mit ihm alles in Ordnung war. Ich klopfte an seine Bürotür und wartete ab, erhielt jedoch keine Antwort. Hinter mir hörte ich Schritte.

Stella kam im Flur zum Stehen, beugte sich vorne über und schnappte nach Luft.

»Kaycee, da bist du ja! Zum Glück habe ich dich gefunden. Ich brauche deine Hilfe, bitte komm mit.« Flehend sah sie mich an.

»Okay, klar. Nur noch eine Frage. Wo ist James? Ich habe ihn schon eine Weile nicht mehr gesehen.«

»Es geht ja um James. Er ist bei einem Kampf und hat mich vor fünf Minuten angerufen, dass ich sofort kommen soll, weil die Situation dort eskaliert ist. Jason ist da und macht Stress. Er meinte, dass Aiden bereits auf dem Weg sei. Ohne Auto schaffe ich es nicht schnell genug. Ich will dich eigentlich nicht mit in die Situation hereinziehen, aber bitte fahr mich hin, Kaycee.«

Ich konnte Stella ansehen, dass sie vollkommen aufgelöst war. Verständlich. Immerhin war sie seit Jahren mit James befreundet und verdankte ihm sowie Aiden sehr viel. Verdammt, wieso hatte mir niemand etwas gesagt? Wieso sprach James nicht mit mir über so etwas Wichtiges? Ich nickte Stella zu und wir liefen zurück in Richtung meines Wagens. Eigentlich hatte ich nicht geplant, noch einmal diesem Jason über den Weg zu laufen. Ich musste meine Angst überwinden und mich ihr stellen. Für James.

In einem Tempo jenseits von Gut und Böse fuhren wir in die Richtung, die das Navi mir anzeigte. Mein Herz schlug mir bis zum Hals und ich konnte mich kaum auf den Verkehr konzentrieren. In was war ich hier nur herein geraten? Wir trafen etwa fünfzehn Minuten später an einem verlassenen U-Bahnhof ein. Laute Rufe und Gegröle drangen an mein Ohr. Noch nie war ich bei einem Undergroundfight gewesen und hatte das auch eigentlich nicht vorgehabt. Welcher normale Mensch wollte das schon? Ich parkte den Wagen zwischen unzähligen anderen. Viele Autos sahen hier unglaublich teuer aus.

Wir hetzten die Treppen hinab und mir schlug eine dicke Wolke aus Schweiß, Rauch und Muff entgegen. Es stank widerlich und ich zog die Nase kraus. Unten angekommen wurden wir von einer riesigen Menschenmenge begrüßt.

Ich folgte Stella, die sich einen Weg nach vorne bahnte und mich hinter sich herzog. Einige beschwerten sich und beschimpften uns, weil jeder einen guten Platz haben wollte, um das Spektakel zu beobachten. Ich verstand die Menschen einfach nicht. Wie konnten sie sich an solchen Sachen ergötzen? Als wir uns bis nach vorne durchgedrängelt hatten, sah ich James in der Mitte eines Rings aus Menschen stehen.

Er kassierte gerade eine Faust von seinem Gegner, die seine Lippen aufplatzen und das Blut spritzen ließ. Mir wurde schlecht bei dem Bild, welches sich mir bot. Er hatte nichts außer einer kurzen Trainingsshorts an. Man sah alles vom ihm. Und verdammt, sie kämpften ohne Handschuhe. Ich ließ meinen Blick von James zu seinem Gegner wandern, sah allerdings nur dessen Rückseite.

Stella drückte meine Hand so fest, dass sie kurzzeitig taub wurde. Fast panisch sah sie sich im U-Bahntunnel um.

Ich war mir ziemlich sicher, wonach sie Ausschau hielt: Aiden. Aber er war nicht unter den Menschen hier zu finden, jedenfalls sahen wir ihn beide nicht. Wovor hatte Stella solche Panik? James war doch der ungeschlagene King in dieser Szene, oder etwa nicht?

»Warum bist du so nervös, Stella? Was stimmt hier nicht?«

Dann sah ich uns gegenüber eine Person, die mir leider viel zu bekannt war.

Charlie.

Was machte sie denn hier? Sie hatte mich in diesem Augenblick auch gesehen und lachte mir nur schmutzig entgegen.

Was verdammt nochmal lief hier ab?

»Oh man, es tut mir so leid, aber er kämpft nicht ohne Grund gegen Jason. Es geht dabei um dich. Und James ist sich verdammt nochmal sicher, dass Jason vorher Drogen genommen hat, damit er gewinnen kann.«

Stella drehte sich wieder um und blickte zwischen Jason und James hin und her. Jetzt wusste ich, wieso er mir so bekannt vorkam. Fuck, es ging hierbei um mich? Was sollte der Scheiß? Wieso begab James sich in solch eine Gefahr, wenn er wusste, dass Jason auf Drogen war?

Ich sah erneut zu dem Schauspiel in der Mitte des Rings und beobachtete Jason genauer.

Er stand mit dem Oberkörper zu mir gewandt. Der Ausdruck in seinem Gesicht glich dem einer Bestie. Er blutete schon an etlichen Stellen und es machte ihn scheinbar nur noch aggressiver, wenn James ihn mit seiner Faust oder einem anderen Körperteil traf.

Ich hatte wahnsinnige Angst.

James schlug mit seiner Rechten so stark auf Jason ein, dass dieser rückwärts umkippte. Damit war es jedoch noch nicht vorbei. Fast ungerührt stand er wieder auf und sah mir genau in diesem Moment in die Augen. Daraufhin grinste er anzüglich. Er sagte irgendetwas zu James, dass man nicht verstehen konnte. Die Menschenmenge war einfach zu laut. Aber es konnte nichts Gutes sein.

KAPITEL 19

James

Warum zum Teufel war Kaycee hier? Ich konnte mich nicht umdrehen, aber ich hatte sie schon die ganze Zeit über hinter mir gespürt.

Als Jason meinte, dass er noch zu Ende bringen wollte, was er das letzte Mal begonnen hatte, wusste ich, dass er damit Kay meinte. Jason hatte hier mit voller Absicht Streit angezettelt, damit ich nach meinem eigentlichen Kampf gegen ihn antreten musste. Er wollte mich vorführen, meine angebliche Schwäche präsentieren.

Ich wusste schon immer, dass Jason ein Drogenproblem hatte. Heute wirkte er jedoch völlig neben der Spur. Ob er sich noch etwas anderes eingeschmissen hatte? Meine Intuition sagte mir, dass es sich um Crystal handelte. Zusammen bewirkten diese Stoffe genau das, was man hier an Jason sah. Seine hervorquellenden Augen waren geweitet und blutunterlaufen. Selbst ein Blinder hätte gesehen, dass er drauf war. Jetzt stand ich mit ihm im Ring. Gerade hatte ich ihn ein zweites Mal auf den harten Boden befördert – ohne Erfolg. Immer wieder stand er auf und grinste dreckig.

Oh ja, das Zeug, was er genommen hatte, wirkte anscheinend verdammt gut. Jason hatte trainiert, um besser zu werden

. Keine Frage. Das Crystal gab ihm allerdings einen zusätzlichen Kick. Was er wollte, würde er niemals bekommen.

Was machte sie denn hier? Sie hatte mich in diesem Augenblick auch gesehen und lachte mir nur schmutzig entgegen.

Was verdammt nochmal lief hier ab?

»Oh man, es tut mir so leid, aber er kämpft nicht ohne Grund gegen Jason. Es geht dabei um dich. Und James ist sich verdammt nochmal sicher, dass Jason vorher Drogen genommen hat, damit er gewinnen kann.«

Stella drehte sich wieder um und blickte zwischen Jason und James hin und her. Jetzt wusste ich, wieso er mir so bekannt vorkam. Fuck, es ging hierbei um mich? Was sollte der Scheiß? Wieso begab James sich in solch eine Gefahr, wenn er wusste, dass Jason auf Drogen war?

Ich sah erneut zu dem Schauspiel in der Mitte des Rings und beobachtete Jason genauer.

Er stand mit dem Oberkörper zu mir gewandt. Der Ausdruck in seinem Gesicht glich dem einer Bestie. Er blutete schon an etlichen Stellen und es machte ihn scheinbar nur noch aggressiver, wenn James ihn mit seiner Faust oder einem anderen Körperteil traf.

Ich hatte wahnsinnige Angst.

James schlug mit seiner Rechten so stark auf Jason ein, dass dieser rückwärts umkippte. Damit war es jedoch noch nicht vorbei. Fast ungerührt stand er wieder auf und sah mir genau in diesem Moment in die Augen. Daraufhin grinste er anzüglich. Er sagte irgendetwas zu James, dass man nicht verstehen konnte. Die Menschenmenge war einfach zu laut. Aber es konnte nichts Gutes sein.

Als ich die provisorische Umkleide betrat, sah ich bereits eine weibliche Silhouette auf der Bank sitzen.

»Oh, James, Baby. Herzlichen Glückwunsch zu dem zweiten Sieg heute!

Hättest meinen armen Bruder nur wirklich nicht so zurichten müssen.«

Sie scherte sich nicht wirklich um das Wohlergehen ihres Bruders und hatte mich ganz sicherlich nicht deswegen aufgesucht.

Was für eine schlechte Schauspielerin sie doch war.

»Was willst du jetzt von mir, Charlie? Hat es dir beim letzten Mal nicht gereicht?«

Ich wischte mir den Schweiß und das Blut aus dem Gesicht, bevor ich mir ein sauberes, schwarzes T-Shirt überzog.

Ein laszives Lächeln zierte ihre Lippen.

»Nein, hat es nicht. Ich will mehr.«

Ich hatte wirklich gehofft, dass mich diese dumme Schlampe jetzt *endlich* in Ruhe lassen würde.

Wieso hatte ich damals nur diesen einen Fehler begangen? Ich sah auf und direkt in ihr künstliches Barbiegesicht.

Es gab weitaus Schlimmeres zum Vögeln als sie, aber ich hatte jetzt Kaycee und konnte ihr so etwas nicht antun. Außerdem war Charlie früher ihre beste Freundin gewesen.

»Ich denke nicht, dass wir das jemals wiederholen. Das letzte Mal sollte dir noch gut in Erinnerung geblieben sein.« Damit wollte ich gehen, doch sie war blitzschnell aufgesprungen und hatte mich am Arm gepackt.

»Du wirst mir geben, was ich will, hast du gehört? Sonst wird dein *kleines Geheimnis* bald die Runde machen.«

Das war leider ein verdammt gutes Argument.

Ich konnte es mir nicht leisten, dass jemand davon erfuhr. Die Maske musste noch bestehen bleiben und dafür würde ich alles tun. Auch wenn das bedeutete, dass ich Kay verletzen würde.

Ich drehte mich um, packte Charlie am Hals und drückte sie an die Wand.

Ihre Füße hatten keinen festen Halt mehr und sie röchelte nach Luft. »Fass mich nie mehr ohne Erlaubnis an, verstanden?« Noch nie hatte ich einer Frau körperlich wehgetan.

Sie nickte, hatte die Augen weit aufgerissen. Ich ließ von ihr ab und sie fiel auf den Boden. Dann verschwand ich.

Keycee

Stella und mir war ein Stein vom Herzen gefallen, als James den Kampf gewonnen hatte. Die ganze Zeit über hatte er mich nicht angesehen und ich konnte nicht beschreiben, was das in mir auslöste. Obwohl ich nun mit Sicherheit wusste, dass etwas zwischen uns nicht stimmte, war ich froh, dass ihm nichts Schlimmes passiert war. Was hatte ich falsch gemacht?

Jason wurde von zwei sehr breiten Männern aus dem Ring gezogen, die seinen Puls prüften.

Stella sagte kein Wort. Sie blickte ängstlich zu dem leblos erscheinenden Körper.

Aiden war nicht aufgetaucht, was mich doch sehr wunderte. Eigentlich hatte er James immer begleitet, soweit mir berichtet wurde. Ein paar Minuten später kam James in frischer Kleidung aus dem hinteren Teil der Anlage zurück. Seine Nase war schief und er blutete immer noch. Dann traf mich der Schlag.

Charlie stolzierte hinter ihm herum. Sie lächelte ihn die ganze Zeit an. Hatte rote Striemen am Hals. Was sollte das denn? Was hatte das alles zu bedeuten? Nachdem sie einige Wort gewechselt hatten, begab sie sich zu ihrem Bruder, der noch immer am Rand lag. So gemein es sich auch anhörte, aber er hatte es verdient.

Ekelhafter Dreckskerl.

Schließlich näherte sich James uns. Nein, Stella. Er zog sie in seine Arme und drückte sie fest an sich. Erst danach blickte er mich das erste Mal an und meinte schroff:

»Was machst du hier, Kaycee? Kannst du nicht respektieren, wenn ich sage, dass ich dich bei den Kämpfen nicht dabeihaben will?«

Geschockt und sprachlos weitete ich die Augen. Was war los mit ihm?

Stella beugte sich vor, flüsterte ihm etwas ins Ohr. Vielleicht nahm sie mich in Schutz. Als die beiden in Richtung Ausgang gingen, lief ich ihnen einfach hinterher. James ignorierte mich und Stella sah mich über ihre Schulter hinweg entschuldigend an.

Okay … in diesem Moment verstand ich rein gar nichts mehr. Wir erreichten das Auto und James setzte sich hinter das Lenkrad.

»Du willst doch jetzt sicher nicht mit deiner gebrochenen Nase Auto fahren?«, meinte Stella zu ihm. Und ich musste ihr recht geben. Er hatte wahrscheinlich auch eine Gehirnerschütterung, so wie er aussah.

»Dann fahr du doch«, erwiderte er bissig. »Du weißt genau, dass ich kein Auto fahre, James. Lass Kaycee fahren. Ihren Wagen holen wir dann morgen ab. Bei dem muss man schließlich keine Angst haben, dass er sofort aufgebrochen wird.«

Ich kam mir vor wie in einem schlechten Film. Sie redeten über mich, als wäre ich gar nicht anwesend. James schäumte regelrecht und kochte vor Wut, war so aggressiv, wie ich es noch nie bei ihm erlebt hatte.

»Ich denke, das ist keine gute Idee«, sagte James daraufhin. Gerade fiel mir wieder ein, dass ich nicht einmal wusste, wo James überhaupt wohnte. Wir hatten nie darüber gesprochen und ich realisierte abermals, wie dumm ich eigentlich war.

Auch in mir brodelte nun der Zorn. Ich spürte, wie meine Emotionen mich übermannten, und platzte förmlich.

»Bist du eigentlich vollkommen bescheuert, oder was? Merkst du nicht, wie du mich behandelst? Und übrigens, ich stehe genau hier neben dir, du Arschloch! Sieh zu, dass du dich auf die Beifahrerseite begibst. Keine Ahnung, was mit dir zurzeit los ist.«

Eigentlich hatte ich mich besser unter Kontrolle, aber das musste gesagt werden.

James sah mir in die Augen und sein Blick wurde plötzlich sofort weicher. Er stieg aus und ging um das Auto herum, um auf der Beifahrerseite Platz zu nehmen.

»Was soll das, Stella?«, fragte ich leise, während James um das Auto schlurfte. »Was ist nur los mit ihm? Er wirkt so verändert und das innerhalb von den paar Tagen?! Und jetzt behandelt er mich auch noch wie ein Stück Scheiße?«

Traurig sah mich Stella an.

»Du hast recht. Ich denke, ihm macht das alles sehr zu schaffen. Ich weiß auch nicht, was los ist. Ich gebe dir die Adresse, wo wir hinmüssen. Danach kannst du mich nach Hause bringen und wir reden, okay?«, flüsterte sie mir zu.

Ich nickte dankbar.

Stella ging nach hinten, um sich auf die Rückbank zu setzen.

James stieg ein, saß einfach nur stumm neben mir und starrte ausdruckslos in die Ferne. Stella gab mir von hinten Anweisungen, wo ich langfahren musste. Fast hatten wir Phoenix verlassen, als Stella plötzlich sagte, dass ich hier halten sollte. Es war ein Haus, das zwar unscheinbar, aber dennoch teuer wirkte. Beige Fassade, ein schicker Vorgarten voller Rosenbüsche und eine große Veranda aus dunklem Holz. Das Viertel wirkte nobel und gepflegt. Hier wohnte er also.

Stella und ich stiegen aus.

James rührte sich nicht, schien wohl eingeschlafen zu sein. Ich öffnete ihm die Beifahrertür und wurde mit einem durchdringenden Blick gestraft. Ihm schien etwas auf der Zunge zu liegen.

»Egal, was du jetzt sagen willst, lass es. Mach es nicht noch schlimmer. Komm jetzt«, sagte ich und streckte ihm die Hand hin, um ihm zu helfen.

Er schlug sie beiseite. Wie ein kleines, trotziges Kind.

Ich konnte nur den Kopf über ihn schütteln.

Stella klingelte an der Tür, die uns von einer Art Krankenschwester geöffnet wurde. Irritiert runzelte ich die Stirn. Die Dame kam auf uns zu und stützte James, dem sichtlich schwindelig war.

Auch die Stärksten hatten also Momente der Schwäche. Wir betraten das sehr schick eingerichtete Haus und ich hörte Schritte von oben. Der Flur war groß, hell gestrichen und dunkle Fliesen zierten den Boden. Bei jedem Lichtstrahl funkelten die Glitzerpigmente in ihnen. Es roch nach frischen Rosen.

Eine zierliche Frau mittleren Alters kam von oben die Treppe hinunter und zog ihren Morgenmantel enger um sich. Als sie James sah, wurden ihre Augen glasig und ihre Schritte beschleunigten sich.

»James, mein Liebling, was ist mit dir passiert?« Das war also seine Mum. Ihre Verwandtschaft lag auf der Hand. Sie war eine schöne Frau, hatte stechend blaue Augen und dunkles Haar, was ihr bis zu den Schultern reichte. In ihrem Gesicht stand fürchterliche Angst geschrieben.

»Alles okay, mach dir keine Sogen. Jason hatte ein bisschen zu viel Koks intus. Ich muss mich nur hinlegen und etwas schlafen.«

»Mr. Torres!«, sagte die Frau im Krankenschwesternoutfit bestimmt. »Wir sehen uns zuerst Ihre Nase an. Setzen Sie sich dort auf den Sessel.«

Seine Mutter rang sichtlich um Fassung.

Ich nahm all meinen Mut zusammen und ging auf sie zu. »Machen Sie sich keine Sorgen, er wird wieder. Er ist stark.«

Sie musterte mich und es war, als würde ihr ein Licht aufgehen. Erst jetzt nahm sie mich richtig wahr.

»Sie müssen Kaycee sein, oder? Erzählen Sie mir bitte alles, was passiert ist. Kommen Sie mit.«

Sie führte mich auf die andere Seite des Hauses in einen großen, gemütlichen Wintergarten voll von Möbeln aus Rattan.

»Setzen Sie sich zu mir«, sagte sie und klopfte auf den Stuhl neben sich.

Ich erzählte ihr, was vorgefallen war, ließ aber die unschönen Details aus, weil ich wusste, dass sie psychische Probleme hatte. Sie war ein sehr sympathischer Mensch und bot mir an, dass ich, nachdem ich Stella nach Hause gebracht hatte, hier schlafen könne. Dann würden wir noch einmal in Ruhe miteinander reden. Ich stimmte ihr zu und wir gingen ins Wohnzimmer zurück.

James lag auf der Couch, reagierte überhaupt nicht und atmete gleichmäßig. Stella sprach daher bedacht leise.

»Wo warst du, Kaycee? Marie hat James gerade ein Schlafmittel injiziert, damit er endlich einmal wieder zur Ruhe kommt. Wollen wir gleich los?«

Er hatte Schlafprobleme? Immer wenn wir die Nacht zusammen verbracht hatten, war das nicht der Fall gewesen. Komisch. Ich nickte Stella zu und drehte mich zu James' Mutter um.

»Ich bin in spätestens einer Stunde wieder hier, in Ordnung?« Sie nickte und lächelte leicht.

»Fahr vorsichtig, meine Liebe. Und nimm den Schlüssel mit, damit sich Marie schlafen legen kann. Ich warte hier auf dich.«

Damit machten Stella und ich uns auf den Weg zum Wagen. Sie musste dringend nach Hause, weil Minas Babysitter spätestens um sechs Uhr morgens losmusste.

KAPITEL 20

Kaycee

Die erste Zeit über sagte Stella nichts, dann meinte sie: »Er hat dir nie gesagt, wo er wohnt, oder?«

»Nein, hat er nicht. Und er wollte mir auch seine Mutter noch nicht vorstellen. Aber auch wenn wir uns erst wenige Monate kennen, ist er alles für mich, Stella. Nur bin ich ihm anscheinend nicht so wichtig wie er mir. Vielleicht hätte ich mich nie auf das Ganze einlassen sollen. Er verschweigt mir so viel.« Wütende Tränen traten mir in die Augen. Ich versuchte, sie schnell wegzublinzeln, sonst hätte ich gleich ein Problem beim Autofahren. Tief atmete ich durch.

»Das ist Blödsinn, Kaycee. Du bist das Beste, was ihm passiert ist. Er ist nur so unglaublich kompliziert und hatte seit Jahren keine Beziehung mehr. Wahrscheinlich hat er es einfach verlernt, nicht alles nur mit sich selbst auszumachen. Und selbst mit Lilly war es ganz anders als mit dir jetzt. Glaub mir.«

Ich wusste nicht, was ich sagen sollte, also erwiderte ich überhaupt nichts. Damals, nach dem ersten Vorfall mit diesem komischen Typen, hatte sie auch über eine Lilly gesprochen. Was war mit ihr geschehen? Vielleicht würde James es mir eines Tages erzählen, im Moment glaubte ich da allerdings nicht wirklich dran. »Egal, Stella. Lass uns das Thema ein anderes Mal fortsetzen, ich habe keine Lust mehr, darüber zu reden.«

Sie sah zu mir herüber und ich merkte, wie sie versuchte, aus mir schlau zu werden, doch das würde sie nicht schaffen.

Ich hatte keinen Bock mehr auf diese Spielchen und war froh, dass wir endlich bei Stellas Apartment eintrafen.

»Es tut mir leid, Kay. Ich hoffe, du wirst ihn verstehen. Und ich kann dir versichern, dass er es ernst mit dir meint.«

»Gute Nacht, Stella«, sagte ich kurzangebunden. Ich wollte sie nicht verletzen, aber ich wusste keine Antwort auf diesen Mist. Immer wieder kamen von allen nur Ausreden und die Aussage, dass James es ja nicht so wollte. So langsam glaubte ich ihnen kein Wort mehr. Sie hielten mich doch zum Narren!

Sie wollte noch etwas sagen, aber ich schüttelte nur den Kopf. Nachdem sie die Tür geschlossen hatte, fädelte ich mich wieder in den Verkehr Richtung Norden ein. Genervt trat ich das Gaspedal des Mercedes durch. Ich hatte keine Lust mehr, wusste nicht, was ich von all dem halten sollte, und fühlte mich allein. So allein wie lange nicht mehr. Ich konnte mit niemandem reden. Mein Herz wurde schwer, als ich erkannte, dass ich wahrscheinlich zu viel in diese *Beziehung*, oder wie auch immer man es betiteln wollte, investiert hatte. So schnell wie sich meine Gedanken drehten, raste ich auch über die Straßen.

Ich kam vierzig Minuten später am Haus von James' Mum an und parkte das Auto in der Auffahrt. Mrs. Torres hatte mir einen Schlüssel gegeben – glücklicherweise. Eigentlich wollte ich mich nur noch unter meiner Decke verkriechen und nichts mehr hören oder sehen. Doch James' Mutter konnte nichts dafür, daher wollte ich sie nicht spüren lassen, was mit mir los war. Leise betrat ich das Gebäude und sah, dass noch Licht im Wohnzimmer brannte. Mrs. Torres saß auf der Couch und schien ein wachendes Auge über den schlafenden James zu haben. Als sie mich hörte, stand sie auf und kam auf mich zu.

»Wie schnell sind Sie gefahren? Man benötigt eigentlich deutlich länger, um von Stella hierher zu kommen.« Beunruhigt hob sie die Brauen.

Ich zuckte mit den Schultern.

»Es war kaum Verkehr,« log ich sie an. Die Straßen von Phoenix waren nie leer, aber das verschwieg ich ihr lieber.

»Komm, meine Liebe, lass uns einen Tee trinken und dann reden.«

Ich folgte ihr in die Küche, wo sie den Wasserkocher anstellte und zwei Tassen mit einer Teemischung befüllte. Sie stellte uns beiden jeweils eine Tasse auf den Tisch und ließ sich mir gegenüber auf einem Stuhl nieder.

»Danke, Mrs. Torres.«

»Sag Avery zu mir. Und du musst mich nicht siezen. Erzähl mir von dir! Wie habt ihr euch kennengelernt? Und woher kommst du?«

Ich nahm kein Blatt vor den Mund und beantwortete all ihre Fragen. Als ich an dem Punkt ankam, wo ich ihr vom Tod meiner Eltern berichten musste, der ja immerhin der Grund meiner Jobsuche bei James war, schossen mir Tränen in die Augen. Ich konnte sie nicht aufhalten.

»Es tut mir leid, Avery. Kleinen Moment.« Angestrengt schluckte ich den Kloß, der sich in meinem Hals gebildet hatte, herunter. »Du kennst sicher die Nachrichten von vor knapp fünf Monaten? Der tragische Autounfall und der Suizid?« Ich wischte mir die aufkommenden Tränen mit meinem Ärmel weg.

»Ich denke, jeder kennt diese Nachrichten. Sie wurden überall und Wochen lang gezeigt,« sagte Avery.

»*Das* waren meine Eltern …«

Schockiert riss sie die Augen auf und kam zu mir, um mich in den Arm zu nehmen. Meine Tränen liefen mir über die Wangen und alles, was ich so gut zu verstecken versucht hatte, drängte sich wieder an die Oberfläche.

Irgendwann versiegten sie jedoch.

»Es tut mir leid … es ist einfach unheimlich schwer. Seitdem sind Darina und ich allein. So habe ich auch James kennengelernt, weil ich ihn um einen Job gebeten habe. Darina hat Krebs und ich brauchte das Geld.« Ich blickte in ihre Augen und sah, dass auch diese nass waren.

»Dir muss *nichts* leidtun, Liebes. Das Schicksal ist manchmal so schrecklich. Aber ich bin froh, dass James jetzt so eine tolle Frau gefunden hat. Ihr passt sehr gut zusammen.«

Wir redeten noch ein wenig weiter, dann verabschiedete sich Avery ins Bett, denn ihre Tabletten, die sie vorhin eingenommen hatte, wirkten langsam und machten sie müde.

Ich setzte mich auf die Couch gegenüber von James, beobachtete ihn eine Weile. Wut und Sorge kämpften gleichermaßen in meiner Magengrube um die Oberhand. Was sollte ich nur fühlen? Da ich so müde von diesem beschissenen Tag war, legte ich mich ein wenig hin und schlief sofort ein.

James

Als ich aufwachte, wusste ich zuerst nicht, wo ich war. Nachdem ich meine anfängliche Desorientierung überwunden hatte, fiel es mir wie Schuppen von den Augen und ich erinnerte mich an alles, was gestern passiert war. Ich drehte mich vorsichtig um und sah Kay, die in einer ziemlich unbequem wirkenden Schlafposition auf der Couch gegenüber lag. Ich hatte sie gestern mit meinem Verhalten verletzt und das tat mir jetzt schrecklich leid. In den letzten Tagen war ich durch die ganze Anspannung ein richtiges Arschloch zu ihr gewesen und hatte es nicht einmal selbst bemerkt. Ich versaute es mir mit ihr noch selbst, wenn ich so weitermachte. Vielleicht wäre es sogar besser, sie nicht mehr so nah an mich heranzulassen, gerade auch wegen der Sache mit Charlie. Ich wusste, was sie von mir wollte: Sex. Leider hatte sie mich wirklich in der Hand, dieses dumme Stück Scheiße. Und ich konnte nichts dagegen tun. Noch einen kurzen Augenblick schaute ich Kay beim Schlafen zu, dann stand ich auf und ging in die Küche. Ich fühlte mich wie gerädert und mein Kopf pochte wie verrückt. Dieser beschissene Jason. Alles nur, weil er sich zu viel Koks reinziehen musste.

Meine Mutter saß bereits in der Küche und nippte an ihrer Tasse Kaffee. Sie hob den Blick, als sie mich kommen hörte.

»Wo ist Kaycee? Ich dachte, du wärst sie. Mit dir hatte ich noch gar nicht gerechnet.«

»Sie ist noch auf der Couch und schläft«, brummte ich und ging zur Kaffeemaschine. Ich stellte eine Tasse unter das teure Gerät und ließ mir das frische Gebräu hineinlaufen. Der Duft weckte direkt meine Lebensgeister. Mit der Tasse in der Hand setzte ich mich meiner Mutter gegenüber und sah sie an. Die ganze Zeit über hatte sie mich gemustert und jede meiner Bewegungen beobachtet.

»Was ist los? Wieso schaust du mich so an?«

»Ach mein Sohn, ich war gestern sehr geschockt, als ich dich gesehen habe. Es tut mir leid, was passiert ist. Zum Glück hast du Kaycee. Sie ist so eine tolle Frau und hat mich abgelenkt. Vermassle es dir nicht mit ihr, eine bessere wirst du nie finden!«

Ich wusste, dass sie recht hatte, allerdings kamen ihre weisen Worte viel zu spät. Nach der Sache mit Charlie würde mir Kay eh nicht mehr verzeihen können, oder?

»Warum sagst du nichts, James? Hast du etwas angestellt? Ich dachte, du liebst sie?«

»Das tue ich auch. Aber es gibt etwas, was unsere Beziehung zerstören könnte …«

Meine Mutter schwärmte, obwohl wir das Thema eigentlich vermieden, trotzdem die ganze Zeit von Kay. Anscheinend hatte sie ihre Schwiegertochter der Herzen gefunden. Bevor ich mich auf den Weg zum Arzt machte, damit er sich noch einmal meine Nase ansehen konnte, weckte ich Kay.

Sie sagte nichts zu mir, blickte mich nur starr an. Da ich sie gut genug kannte, brauchte es keine Worte. Ich wusste, wie verletzt sie sich fühlte. Das war alles mein Verdienst. Glückwunsch, du Vollidiot. Jeder bekam eben, was er verdiente.

»Willst du gleich mitkommen? Ich könnte dich bei deinem Auto absetzen«, sagte ich als grandiose Begrüßung an die Frau, die mir den Verstand raubte. Sie sah auf die Uhr an der Wand über dem Kamin, nickte und verschwand kurz im Bad, um sich frisch zu machen.

In der Zwischenzeit wollte ich bereits die Autoschlüssel meiner Mercedes AMG S65 nehmen, die aber nicht an ihrem Platz hingen. Erst dann fiel mir ein, dass Kaycee gestern mit meinem Auto gefahren war. Eigentlich überließ ich niemandem mein Baby. Ein paar Minuten später kam sie aus dem Badezimmer und fragte nach meiner Mutter.

Ich verwies sie in die Küche und folgte ihr, blieb unauffällig am Türrahmen stehen und beobachtete nur. Sie ging zu meiner Mum und umarmte sie fest.

Meine Mutter schien sehr glücklich darüber zu sein und gab Kay noch einen Kuss auf die Wange. Die beiden murmelten leise etwas zueinander, was ich nicht hören konnte, dann lächelte Mutter sie herzlich an. Das hatte ich schon lange nicht mehr bei ihr gesehen. Anschließend drehte Kay sich um und ging an mir vorbei zur Haustür, wo sie auf mich wartete. Mum folgte uns, drückte Kaycee nochmals an sich und dankte ihr. Für was auch immer.

Im Gehen holte Kaycee den Schlüssel aus ihrer Tasche und ging zur Fahrerseite des Mercedes.

»Was soll das, Kay? Darf ich jetzt nicht einmal mehr mit meinem eigenen Auto fahren?«, blaffte ich sie an. Großartig, James. Vergraule sie doch noch mehr.

»Nein, du hast gestern etwas gespritzt bekommen. Schlimm genug, dass du nachher selbst fahren musst.«

Damit stieg sie ein und startete den Motor. Hm, also brauchte ich wohl nicht mit ihr zu diskutieren.

Beim alten U-Bahn-Gelände angekommen parkte sie mein Auto, ließ den Schlüssel stecken und stieg aus. Sie sagte nichts mehr zu mir, kein *verdammtes* Wort. Zielstrebig steuerte sie ihr Auto an, das verlassen auf dem Platz stand.

Ich stöhnte frustriert, konnte nicht anders und musste ihr einfach folgen. Immerhin war es meine Schuld. Kay konnte nichts für meine ganzen Probleme und trotzdem hatte ich es an ihr ausgelassen.

Ich war ein Mistkerl.

Sie hatte bereits die Fahrertür geöffnet und ihre Handtasche auf den Beifahrersitz gelegt, als ich sie aufhielt.

»Kay, warte. Es tut mir leid, okay?«

»Was tut dir leid? Dass du mich anlügst, dass du mir Sachen verschweigst, oder, dass du mich wie ein wertloses Stück … keine Ahnung was … behandelst?« Zorn stand ihr ins Gesicht geschrieben.

»Mir tut alles leid, das musst du mir glauben. Ich komme mit dem ganzen Mist nicht klar und es ist alles zu viel. Ich möchte dich da nicht mit reinziehen.«

»Aber das hast du schon, James. In der Minute, in der du mir einen Job gegeben hast, hast du mich in deine *Scheiße* mit reingezogen. Und auch wenn viele schlechte Sachen passiert sind, hast du mir so geholfen, mein Leben wieder zu finden. *Du* bist der Grund, warum ich überhaupt lachen kann.«

Damit knallte sie die Tür zu, startete das Auto und fuhr los. Und ich konnte nichts anderes machen, als ihre Rücklichter zu beobachten.

Ich war so ein Idiot.

KAPITEL 21

Kaycee

James war ein riesiges Arschloch, schlimmer ging es wahrscheinlich kaum. Er hatte mich derart verletzt mit seinem beschissenen Verhalten, dass ich ihn erst einmal nicht mehr sehen wollte. Kurzerhand hatte ich mich vor einigen Wochen im *Heavenly's* krankgemeldet und keine Nachrichten mehr beantwortet. Nicht einmal die von Stella. Ich konnte es nicht ertragen, diesen ganzen Schwachsinn zu hören, und wollte es zudem auch nicht. Die einzige Person, mit der ich redete, war meine Schwester. Wir standen wieder am Anfang. Jetzt kam allerdings noch hinzu, dass mein Herz nicht mehr nur blutete, sondern auch noch vollkommen gebrochen war.

James hatte mir den Lohn nicht gestrichen, zum Glück. Aber ich wusste, ich musste irgendwann wieder arbeiten, egal ob im Club oder einem neuen Job. Wohl eher zwei neue Jobs, denn so ein Gehalt würde ich nirgends anders erhalten. Es war allein meine Entscheidung. Dina hatte mir nicht ein einziges Mal vorgeschrieben, was ich tun sollte. Sie würde mich immer lieben. Ein kleiner Lichtblick in meinem grauen Leben blieb außerdem Casper. Dieser Hund brachte uns jeden Tag zum Lachen und schenkte uns unheimlich viel Liebe. Tiere waren wirklich wundervolle Wesen. Heute wollte ich mit meiner Schwester *Tote Mädchen lügen nicht* schauen. Dina saß bereits auf der Couch und ich holte die Eiscreme aus dem Kühlfach. Mit zwei Löffeln bewaffnet ging ich zu ihr ins Wohnzimmer.

Der Tod unserer Eltern war nun knapp ein halbes Jahr her und genau zu dieser Zeit lernte ich James kennen. Ich liebte ihn nach wie vor und dachte *immer* an ihn. Aber wenn er auch etwas für mich empfinden sollte, dann ließ er es sich nicht mehr anmerken. Dina schrieb noch immer mit Aiden und ich gönnte es ihr. Zu hören, was sie zusammen unternahmen, tat allerdings weh und führte mir vor Augen, was ich nicht hatte. Ich schämte mich für diese Gefühle, konnte sie jedoch nicht verhindern.

Nach einigen weiteren Tage hatte ich langsam keine Lust mehr, mich in meiner Traurigkeit zu suhlen. Außerdem hatte ich beschlossen, zurück ins *Heavenly's* zu gehen, da es zu schwer werden würde, neue Arbeit zu finden. Weiterhin mochte ich die Leute dort. Und die Bezahlung war einfach zu gut. Zuerst würde ich jedoch meine Eltern besuchen.

Beim Friedhof angekommen sah ich, dass frische Blumen am Grab standen, die nicht von uns dort abgelegt worden waren. Weiße Rosen. Vor dem Grab ging ich in die Hocke. Im Dämmerlicht konnte man kaum die Schrift auf dem Stein erkennen, doch ich wusste genau, was dort eingraviert war. Auf dem Friedhof herrschte eine Totenstille. Niemand war hier. Hatte ich jedenfalls gedacht. Solange, bis ich Schritte auf dem knirschenden Kiesboden hörte, mich suchend umdrehte und eine Frau erkennen konnte. Sie hielt weiße Rosen in der Hand und drapierte diese gerade neben einem Stein in etwas Entfernung.

Es war Avery. Sie erkannte mich im gleichen Moment und lächelte mich durch den Tränenschleier ihrer Augen an. An welchem Grab stand sie?

Ich ging zu ihr und umarmte sie. Avery konnte nichts für die Handlungen ihres Sohns und das würde ich sie auch niemals spüren lassen. So war ich nicht.

Sie gab mir einen Kuss auf die Wange und als ich auf den Grabstein schaute, wusste ich, wem sie die Blumen gebracht hatte: Frank Torres. James Vater.

Ihre Stimme klang brüchig.

»Heute ist es vier Jahre her. Einerseits vermisse ich ihn, denn er war der einzige Mensch, der mich geliebt hat. Auf der anderen Seite bin ich froh, dass er tot ist. So schrecklich das auch klingt. Er war kein guter Mann, Kaycee. Ich hatte ihn einst geliebt, aber er war die Ausgeburt der Hölle.«

Beruhigend strich ich über ihre Schulter, wollte ihr Trost spenden. Avery war so eine tolle Frau. Es war ein Unding, dass sie jemand so zerbrochen hatte. Ich sagte nichts, hörte nur zu.

»Du weißt noch gar nicht, was er James angetan hat, oder?«

Ich schüttelte den Kopf.

»Ich weiß so gut wie gar nichts, Avery. Es tut mir leid.«

»Mein Sohn hat es nicht erzählt? Natürlich nicht«. Sie lachte zynisch auf.

»Nur, dass er zum Kämpfen gezwungen wurde und er mit diesen Clubs etwas verändern will.«

Tief holte sie Luft und setzte dann zum Sprechen an. »Ich war neunzehn Jahre alt, als mich Frank gekauft hat.«

»Gekauft?!«

Ungläubig legte ich die Stirn in Falten und Avery nickte.

»Er wollte etwas Exotisches und ich entsprach wohl seinen Vorstellungen.« Als ich nach wie vor dreinschaute, als spräche sie eine andere Sprache, erklärte sie weiter:

»Menschenhandel. Man hat mich damals verschleppt. Ich hatte keine Familie und die Männer daher leichtes Spiel. Frank war gut zu mir, zumindest soweit es ging. Aber zu anderen war er ein Teufel. Ihm fehlte ein würdiger Erbe, den ich ihm gebären sollte. Mein erstes Kind war allerdings ein Mädchen. Nicht das, was sich Frank vorgestellt hatte. Er befahl mir, es abzutreiben.«

Sie stockte kurz, knetete mit leerem Blick ihre Hände.

»Mein armes Baby … doch dann kam James und er war das Beste, was mir in meinem Leben je passiert ist. Er gab mir wieder Hoffnung. Ich dachte, Frank würde mit der Geburt seines Sohnes weicher werden, aber er sah nur den Gewinn, den James ihm bringen konnte. Also ließ er ihn trainieren. Hart. Jeden Tag. Ihn scherte es nicht, dass unser Sohn blutig und verletzt nach Hause kam. Dass er Brüche davongetragen hatte. Dass seine Seele litt. Daher sage ich nicht einfach nur so, dass Frank Torres die Ausgeburt der Hölle war. Er hatte mir das Schönste in meinem Leben geschenkt und es mir zugleich wieder genommen, meine Tochter ermordet und meinen Sohn zerstört.« Man spürte die Wut, die in ihr loderte, und sie begann zu zittern. »Ich habe versucht, mich umzubringen, Kaycee. Ich konnte dieses Leben nicht mehr ertragen. Und das Schlimmste? James war es, der mich gefunden hat. Seitdem versucht er, mich vor allem zu beschützen, dabei ist er es doch, der Schutz braucht. Ich weiß nicht, was er getan hat. Aber bitte gib ihm noch eine Chance. Du warst das Beste, was meinem Sohn je passiert ist.«

Voller Hoffnung sah sie mich an.

Ihre Worte bestärkten mich in dem, was ich vorhatte: wieder im Club zu arbeiten. Ich hatte James nun schon so lange nicht mehr gesehen und es war an der Zeit, dies jetzt zu ändern. Schnell brachte ich Avery noch zu dem Auto, in dem Marie auf sie wartete, dann ging ich zu meinem eigenen Wagen und fuhr nach Hause, um meine Arbeitskleidung anzuziehen.

Mir tat es unglaublich leid, was passiert war, und wieder einmal wurde mir bewusst, welche Grausamkeiten in dieser Welt lauerten. Frank Torres hatte seine Familie zu Grunde gerichtet – und war damit auch noch unbehelligt davongekommen. Ich schüttelte meinen Kopf. Die Menschen beschäftigten sich mit Technik, Reisen, der neuesten Mode und den coolsten Trends, blendeten jedoch die unbequemen Themen völlig aus. Sie wurden moderner und gleichzeitig immer einsamer. Ich wollte nicht so sein.

Ich wollte mich dem stellen.

Und das würde ich jetzt tun.

Nach fast fünf Wochen betrat ich wieder die Höhle des Löwen, alias das *Heavenly's*. Ein Großteil meiner Kolleginnen und Kollegen nickte mir erstaunlicherweise freundlich zu. Mein Blick fiel auf die linke Seite des Clubs – der Bereich, in dem ich normalerweise arbeitete.

Stella stand dort hinter der Bar, allerdings allein. Als hätte sie meine Anwesenheit gespürt, sah sie auf. Ihre Augen leuchteten erfreut. Lächelnd ließ sie die ganze Arbeit liegen und kam auf mich zu.

»Oh mein Gott, Kaycee! Endlich bist du wieder da. Ich habe dir bestimmt über hundert Nachrichten geschickt. Wie geht es dir?«

»Ganz okay, denke ich. Und ich habe alle deine Nachrichten gelesen, aber ich konnte nicht antworten. Es tut mir leid, Stella. Es war einfach alles zu viel letztes Mal.«

»Ich verstehe dich und bin dir auch nicht böse oder so. Natürlich war ich traurig, dass du dich nie gemeldet hast. James ist seitdem wie ausgewechselt, Kaycee. Mit keinem will er reden und er wirkt so niedergeschlagen.«

Sie sah mir in die Augen, als wollte sie mir irgendeine Reaktion entlocken oder meine Emotionen erforschen.

Ich hatte keine Ahnung, was ich sagen sollte, denn James trug selbst Schuld an seiner Situation. Ich liebte ihn noch immer, doch er hatte mich tief verletzt. Er hatte mich belogen, mich hintergangen und mir wichtige Tatsachen verschwiegen. Das schmerzte mehr als die Wahrheit, oder?

»Ich werde mit ihm reden«, erwiderte ich nickend.

»Da wird er sich sicher freuen. Geh am besten gleich zu ihm, Kaycee. Ich kann seine maulige und schlechtgelaunte Art langsam nicht mehr ertragen. Das Beste von seinem Selbst fehlt seit fünf Wochen.«

Ich nickte ihr zu und war voller Hoffnung, dass doch noch alles gut werden könnte zwischen uns. Lächelnd machte ich mich auf den Weg zu seinem Büro. Ich klopfte an der Tür an, die einen Spalt breit aufsprang.

Sie war gar nicht richtig verschlossen. Doch ich wünschte, sie wäre es gewesen. Denn nun hörte ich eine Stimme, die ich schon zu oft gehört, aber nicht wirklich vermisste hatte. Sie sagte etwas Unverständliches zu James und ich drückte meine Hände auf das kühle Holz, um die Tür weiter öffnen zu können. Der Anblick, der sich mir in diesem Moment bot, war kaum zu ertragen. Charlie lag nackt mit weit gespreizten Beinen auf James' Schreibtisch und stöhnte leise. James stand vor Charlie und schob offenbar seinen Schwanz in sie. Ich konnte es nicht genau sehen, doch die Bewegung war eindeutig.

Was zur Hölle?

Es war, als hätte jemand einen Eimer mit Eiswasser über mich geschüttet. Wie eingefroren stand ich dort, wusste nicht, was ich tun sollte. Hatte ich dumme Kuh wirklich gedacht, dass er auf mich gewartet hätte?

Nein, definitiv nicht.

Er war in seinem Büro, rammte seinen Schwanz in meine ehemals beste Freundin und vögelte sie um den Verstand. Mir wurde übel und ich spürte, wie mir die Tränen in die Augen stiegen. Am liebsten wäre ich schreiend davonlaufen.

Und dann drehte James auch noch seinen Kopf zu Tür.

Er erkannte mich, starrte mich an und riss die Augen auf, als wäre ich ein verfickter Geist. Gerade wollte er sich aus Charlie zurückziehen, da schrie sie:

»Verdammt nochmal, mach weiter, James! Hör nicht auf …«

Fast hätte ich mich übergeben. Ich konnte es nicht mehr ertragen, japste nach Luft. Tränen liefen über meine Wangen. Aus meiner Kehle löste sich ein leiser hilfloser Schluchzer, der jedoch von dem widerwärtigen Gestöhne von Charlie übertönt wurde.

James war kreidebleich.

Ich machte auf dem Absatz kehrt und lief zum Ausgang. Rannte, als sei der Teufel hinter mir her. Als könnte ich vor dem fliehen, was ich eben beobachtet hatte. Wütend schleuderte ich meine High Heels von den Füßen, um mich noch schneller von der Szenerie entfernen zu können. Stella stand im Flur, sah mich und legte die Stirn in Falten. Ich schüttelte nur den Kopf und hetzte zu meinem Auto. Niemand hielt mich auf. Niemand hätte den Schmerz in meiner Brust lindern können.

Ich fuhr los und spürte, wie mein Herz endgültig zerschmetterte. So viel zu James und mir.

James Torres hatte mein Herz und meine Unschuld gestohlen.

Ich hatte alles auf eine Karte gesetzt und *alles* verloren.

Ende Band 1

Dir hat das Buch gefallen? Dann würde ich mich über eine Rezension freuen!

Die Geschichte von James und Kaycee ist hier noch nicht zu Ende! Wie es weitergeht, erfährst du in Band 2!

Herbst 2020

Danksagung

Es war immer mein Traum, ein eigenes Buch zu schreiben und es in Händen halten zu können. Diesen habe ich mir mit *Destroyed Souls* erfüllt. Kaycee, James und all den anderen Figuren Leben einzuhauchen hat mir große Freude bereitet und mich komplett erfüllt. Daher freue ich mich schon sehr darauf, am zweiten Band zu arbeiten.

Ohne meine Familie und meinen Freund wäre dieses Buch aber nie entstanden, da ich nicht den Mut gehabt hätte, es zu veröffentlichen. Ich danke euch, dass ihr immer an mich geglaubt habt, wenn andere darüber gelacht haben. Ich habe euch über alles lieb und bin froh, eine so tolle Familie zu haben.

Des Weiteren möchte ich den tollen Mädels des Heartcraft Verlags danken, bei der meine DESTROYED-Reihe endlich ein tolles Zuhause gefunden hat. Kim, Kad und Diana, die mir immer mit Rat und Tat zur Seite standen. Es macht unglaublich viel Spaß, die Reihe mit euch neu zu überarbeiten.

Und ein großes Danke geht an Dich, liebe Leserin, ohne die dieses Buch gar nicht möglich gewesen wäre. Ich würde mich daher natürlich sehr freuen, wenn Du mich mit einer Rezension unterstützt.

Bleib gespannt und halte die Augen offen, denn die Destroyed-Reihe wird ganz bald fortgesetzt.

xoxo Annie

Über die Autorin:

Annie Tears ist das Pseudonym einer jungen, deutschen Autorin, die mit ihrem Freund, zwei Katern und einem schwarzen Höllenhund in einer Kleinstadt im schönen Mecklenburg-Vorpommern lebt. Neben dem Schreiben ist sie ein Buchjunkie und liebt lange Spaziergänge. Ein besonderes Faible hat sie für düstere Liebesromane mit zerbrochenen Charakteren und Themen, die von der Norm abweichen. Ihren größten Traum, ein eigenes Buch zu schreiben und Schriftstellerin zu werden, hat sie sich nun endlich mit ihrem Debütroman *Destroyed Souls* erfüllt.

Besuche mich auf Instagram: @annie.tears

Ich freue mich auf deine Nachricht!

Coming soon

Rose,...

Du weißt nicht, wie krank und verdorben die Menschen sind, meine unschuldige Rose. Aber du wirst es bald erfahren. Ich will, dass du mir gehörst, doch um mit mir zusammensein zu können, musst du durch die Hölle gehen. Wenn dein Körper bricht, ist deine Liebe stark genug, um deine Seele zusammenzuhalten?

Kennst du deine Grenzen?

Weißt du, wie viel du aushalten kannst? Weißt du, was du ertragen kannst, bevor du zerbrichst?

Dieses Buch wird dir nicht nur deine Grenzen zeigen, es wird sie zerstören.

Du solltest es wirklich nur lesen, wenn du bereit dazu bist.

Nichts für schwache Nerven!

Coming soon

The Princess and the Beast

Um gleich eins klarzustellen:

Das hier ist weder ein zuckersüßes Märchen noch eine harmlose Lovestory. Meine Geschichte ist nichts für schwache Nerven. Mein Leben besteht aus Gewalt, Tod, Drogen und Sex.

Hier gibt es keine Moral.

Ich bin auch kein verschissener Ritter in strahlender Rüstung. Ich bin ein Monster, das sich nimmt, was es will und tötet, wer ihm im Weg steht.
Will ich dich töten oder nur mit dir spielen?
Ich bin der Hunter und du meine Beute. Was auch immer ich mit dir vorhabe, ich verspreche dir, dass es dich fesseln wird.

Also, traust du dich in meine Welt?

DARK ROMANCE